D0770712

Contemporánea

Jorge Volpi

La paz de los sepulcros

DEBOLS!LLO

La paz de los sepulcros

Primera edición en Debolsillo: enero, 2017

D. R. © 1995, Jorge Volpi

D. R. © 2017, derechos de edición mundiales en lengua castellana:
Penguin Random House Grupo Editorial, S. A. de C. V.
Blvd. Miguel de Cervantes Saavedra núm. 301, 1er piso,
colonia Granada, delegación Miguel Hidalgo, C. P. 11520,
Ciudad de México

www.megustaleer.com.mx

ISBN: 978-607-315-017-0

Impreso en México – *Printed in Mexico*

El papel utilizado para la impresión de este libro ha sido fabricado a partir de madera procedente
de bosques y plantaciones gestionadas con los más altos estándares ambientales, garantizando
una explotación de los recursos sostenible con el medio ambiente y beneficiosa para las personas.

Penguin
Random House
Grupo Editorial

Sólo en el desorden es posible separar
las tinieblas de la luz.

MARTÍN LUIS GUZMÁN

En la más oscura de las noches el
resplandor del sueño es más luminoso
que la luz del día, y la intuición que en
él alienta, la forma más elevada de
conocimiento.

MICHEL FOUCAULT

En febrero de 1994 hice un viaje de dos semanas a Oaxaca, enviado por el Instituto de Investigaciones Jurídicas. Tras culminar la investigación que se me había encomendado, escribí febrilmente las primeras cuarenta páginas de una novela que, a diferencia de las que había escrito antes y de las que he escrito después, no había planeado en absoluto. Mi experiencia de dos años en la Procuraduría General de Justicia del Distrito Federal y en la Procuraduría General de la República, donde estuve rodeado por ministerios públicos, policías judiciales y políticos de toda clase, sumada a los asombrosos y terribles acontecimientos que se sucedían aquellos días en Chiapas, me sumió en una suerte de expiación narrativa. Aunque resulta difícil de creer, la primera versión del manuscrito narraba el asesinato del candidato del PRI a la presidencia de México. Menos de un mes después de concluidas aquellas líneas, caía asesinado Luis Donaldo Colosio en la ciudad de Tijuana. Por supuesto no confío en mis dotes de clarividente: en aquellos días la tensión en la clase política casi podía tocarse con la mano. Superado por la realidad, deseché aquellas páginas y escribí otra novela, a la vez deudora y antítesis de la iniciada en Oaxaca. *La paz de los sepulcros* se publicó en 1995 con un tiraje de mil ejemplares. Esta nueva versión respeta el estilo violento y delirante de la original, aunque a doce años de distancia su lectura ya no resulta profética. Para mi sorpresa, *La paz de los sepulcros* se ha convertido en una novela histórica.

Jorge Volpi, febrero de 2007

A veces la muerte inmortaliza: así pensé al verlos, con el espanto y con la indiferencia que me revisten desde hace años; a veces la muerte vuelve célebre a quien la ha sufrido, rescata al yacente de la futilidad y le otorga una fama que jamás alcanzó mientras vivía, o al menos modifica su figura, borra sus altibajos, sus miserias y temores, y lo convierte en objeto de exhibición —en cadáver—, ataviado con una imagen postrera, única e inmutable ya, que desde ese instante será recordada para siempre, con asco o admiración, como si nunca hubiese tenido otra. A veces la muerte no conduce al olvido sino a la sustitución: el muerto halla una nueva existencia en los ojos de quienes lo han visto, y entonces su deceso trae al mundo un nuevo ser, como si se produjera un alumbramiento, el de un ser ni querido ni deseado que ahora carga con el peso de su inmortalidad. A veces la muerte vivifica. Pero más doloroso que la pérdida, la incertidumbre y el tránsito, es reconocer que esa muerte que inmortaliza, ese acto fulminante que hace del incógnito un héroe o un villano —en todo caso alguien memorable—, ni siquiera depende del cadáver. Porque la muerte no es, ni siquiera en el suicidio, una decisión racional o consentida: sorprende incluso al moribundo y, cuanto más inesperada o arbitraria, mayor temor e irritación provoca en quienes sobreviven, y más grande es la posibilidad del muerto de acceder a lo eterno (a la pobre eternidad que cabe en las neuronas de los hombres). Así, esa última imagen —esa luz—, trágica o cómica, digna o ridícula, o atroz, se torna imborrable, la máscara que sustituirá al rostro enterrado, sin importar que el sujeto hubiese sido lúdico con una muerte trágica o sobrio con un fin degradante. La muerte es, a la postre, lo único que del muerto ha de quedarnos. Así los encontré aquella madrugada, muertos, muy muertos, tendidos sobre densos charcos de sangre, en posiciones extrañas, pero definitiva, absolutamente muertos, sus cuerpos idénticos e inexpresivos, o quizá no tan inexpresivos sino marcados por ese rictus súbito y vacuo que había comenzado a habitarlos y del cual ya no podían desprenderse. Parecía como si se empeñasen en ocultar el dolor impensable y artero que los llevó a ese estado pero que ya no se encontraba en ellos. Quedaron atrapados, presentí, en el instante en que habían dejado de ser conscientes de sus padecimientos (que debieron ser atroces: interminables), cuando el dolor había dejado de ser dolor, detenido en un espasmo imposible, por más que el verdugo o verdugos, el asesino o asesinos, apretasen o cortasen o desangrasen o rompiesen o hiriesen o destrozasen. Aparentaban cierta apacibilidad detrás del pánico, cierta calma a pesar de las llagas y las contusiones, como si en el último momento hubiesen reconocido la cercanía de la muerte: quizás entonces ya no sentían miedo ni angustia, apenas una punzada artera que se difuminaba conforme se aproximaban al vacío. Apareció así en sus rostros un destello de tranquilidad y de reposo: el alivio antes del fin. Cuando a lo largo de la vida uno ha visto tantos cadáveres como yo, tantos muertos distintos, resulta difícil llorar o vomitar o desencajarse por más desoladora que resulte la escena, por más sangre o vísceras esparcidas que se contemplen, por más muerto que esté el muerto. Ese día, 26 de agosto, no fue distinto de otros: ni el fotógrafo Juan Gaytán (lamentable nombre con rima) ni yo, encaramados en los hombros de varios policías para tener acceso al espectáculo, teníamos ganas de llorar o vomitar o desencajarnos, aunque el olor fuese casi insoportable, y nos limitamos a llevar a cabo, con el profesionalismo que nos caracteriza, nuestro trabajo: él, Juan Gaytán, el fotógrafo, conservar para la posteridad, y para el inmediato morbo de miles, con sus negativos y sus placas, el fugaz retrato de los muertos; y yo, mirar y copiar en mi mente, con la mayor precisión posible, sin olvidar ningún detalle (no llevaba grabadora ni libreta), cuanto allí había y ocurría. La foto de Juan Gaytán terminaría dando la vuelta al mundo, sin que ninguno de los dos —Juan Gaytán y yo— sospechara que así iba a inmortalizar a esos muertos. La imagen impresa, que muchos consideraron obscena y que la televisión se negó a transmitir (¿dónde termina el derecho a la información y dónde comienza la ética periodística?), que los lectores buscaban con desesperación en los estanquillos para horrorizarse a solas y para que sus esposas los reprendieran por comprar y fomentar ese espanto —la fascinación de la violencia—, y que llegó a ser prohibida en la televisión y en las escuelas, se convirtió en el único referente de esos hombres. En cuanto comenzó a circular ya nadie pensó en cómo eran ellos antes del incidente (resultaba difícil creer que alguna vez estuvieron vivos), por más que días después la prensa *decente* reprodujese viejas fotos suyas con sonrisas y saludos y brillo en las de la Víctima uno, y con rabia, locura y pasmo en las de la Víctima dos. Desde el 27 de agosto ellos ya no fueron sino los muertos de esa muerte horrible y cómplice que los había destruido (la gente comentaba que no era posible que las fotos de antes y las de más tarde pertenecieran a los mismos individuos y fomentaba mil teorías sobre el paradero real de esos muertos que de seguro no lo estaban). Ahora sólo eran los sujetos de una inmortalidad que los dibujaba como cadáveres nauseabundos y mutilados, partícipes de un crimen escandaloso y maligno, máscaras desprovistas de pasado y de memoria, de la vida con sus padres, parientes, esposas y amantes, de voz y de defensa, de pasión y de movimiento, de raptos y tazas de café por las mañanas, o de baños o lecturas o francachelas nocturnas, simples retazos en la (atroz) fotografía tomada por Juan Gaytán. El lugar era un sórdido cuarto de hotel (¿por qué se dirá que los cuartos de los moteles u hoteles de paso son sórdidos, cuando ahí se resuelven tantos conflictos, cuando entre sus sábanas y el olor a semen y a sudor se desarrolla lo mejor de la vida nocturna de esta ciudad, cuando ahí la pasión, comprada o alquilada o regalada, es siempre más una fiesta que un delito?), acaso, sí, más sucio y destartalado que otros, o al menos el desorden y la sangre lo hacían ver así, con una cama deshecha al centro, un espejo enorme en la pared de enfrente y otro más, apenas dispuesto a brillar, incrustado en el techo rosado, justo encima de la cama, para que el amante que se encontrase boca arriba —en las películas siempre es la mujer, pero en la realidad, más veces de lo que se supone, el hombre: nosotros disfrutamos más las visiones aéreas— pudiese disfrutar de un ángulo que, de otro modo, le estaría vedado: la espalda y las nalgas en movimiento de su amante. Una pequeña ventana permanecía abierta, quizá porque la camarera o la policía que encontró los cuerpos había intentado despejar la peste, y a través de ella se alcanzaba a ver, con un poco de esfuerzo, el cielo negro sin nubes (serían las cuatro de la mañana) y unos cuantos destellos psicodélicos ("Medias Foreva" y "Calzones Trueno"). En torno a la ventana había un par de cortinas de terciopelo rojo o naranja, desgarradas, y restos de papel tapiz en el cual debió lucir, en alguna época mejor, una combinación de líneas doradas y flores azules, el cual también se extendía a lo largo de la habitación perdiendo cada vez más su color, sustituido ahora por el bermellón indeleble que se extendía de un extremo a otro. El resto del mobiliario lo componían un buró desportillado, una silla junto a la ventana (sobre la cual se encontró el pantalón con la cartera vacía de la Víctima uno y un pedazo de la oreja de la Víctima dos) y una lamparita de noche, rota. Además, entrecerrado, un clóset con las puertas atrancadas en cuyo interior, pese a los esfuerzos de los investigadores, no se halló ninguna pista: de seguro el asesino o asesinos tampoco habían podido abrirlo. El baño era muy pequeño, cubierto por mosaicos rosados, la mayoría rotos o sucios, con una regadera sin cortinas, un lavamanos con restos de orines y un excusado en el cual flotaban formas ininteligibles de color púrpura. Los cuerpos o, digamos, las porciones más importantes o completas de los cuerpos, se apilaban en el cuarto principal. La Víctima uno se hallaba tendida sobre las sábanas, en una especie de altar, desnuda a excepción del calcetín izquierdo (el resto de su ropa, un saco de cashmere café, una camisa de seda azul, italiana, pantalones de lino beige y zapatos, también italianos, de piel marrón, con hebilla lateral, se hallaron esparcidos por distintos puntos del cuarto), boca arriba, con los brazos y las piernas extendidos en forma de *x*, amarrados con cuerdas de marino a las patas de la cama, la cabeza ladeada, llena de golpes, heridas y moretes, y una enorme hendidura en el vientre, producida por el cuchillo —casi un estilete, una pieza templada y perfecta— que apareció a un lado del tórax de la Víctima dos. Las huellas grotescas confluían en el centro de la cama, el eje en torno al cual se había desarrollado la carnicería. El *rigor mortis* había hecho que, por encima de ese cúmulo de huesos y carne, como si se tratara de una afrenta o un desafío —un último grito o un siniestro ápice de vida en medio de tanta muerte—, destacara el pene erecto de la Víctima uno. Una mujer policía trató de ocultar o cubrir el desperfecto, aquella triste broma de la naturaleza, y colocó la funda de una almohada sobre la tumescencia del muerto que así no lo parecía tanto, pero pronto renunció a su esfuerzo porque el efecto, como de tienda de campaña en miniatura, resultaba más cómico que trágico, y por tanto aún más desagradable que la piel fría y sólida del muerto. Uno de los momentos más terribles de la noche fue cuando uno de los policías señaló las manos de la Víctima uno: ambas estaban amarradas por la cuerda de marino, pero a una le faltaban tres dedos y a la otra dos. Todos los presentes, policías y forenses y ministerios públicos y no-sotros mismos —Juan Gaytán y yo—, de inmediato bajamos la vista hacia el piso de loseta. Pronto se escucharon gritos y señales de dedos que señalaban otros dedos, estos últimos se-parados de su raíz, esparcidos en el suelo como gusanos —lom-brices secas— en los rincones o debajo de la cama, iguales a piezas robadas de un museo (un agente se desmayó cuando confundió un cable del teléfono con uno de esos cuerpecitos cilíndricos). Y es que a veces uno no puede explicar ciertos ac-tos, no puede creer que personas iguales o parecidas a uno se conviertan en ese amasijo de carne, y menos que otra persona, también igual o parecida a uno, haya sido la causante de esa mutación o ese desperfecto. Cuando uno ha visto tantas mues-tras de insania y de tortura, de la atrocidad de que es capaz el ser humano —con razón o sin ella, por temor o desesperanza o rencor o aburrimiento—, la angustia no desaparece, como decía, sólo se mitiga, aunque también se acumula por dentro, en silencio, y la sangre tantas veces vista y oída, los homici-dios tantas veces atestiguados y recordados, e incluso impre-sos, se suman hasta formar un mar o un océano internos, una masa que empieza a ahogarnos como una enfermedad oculta o una llaga escondida. De tanto presenciar situaciones seme-jantes, de tanto mirar y recordar el mal, éste nos marca e in-fecta, nos vuelve reconocibles, sujetos distintos de los demás, pertenecientes a una secta paralela a la de los criminales: la de quienes viven de contemplar la muerte y la persiguen con tanta insistencia como los homicidas hasta que, acaso sin darse cuenta, casi inocentemente, se alimentan con ella. El estado del otro sujeto, la Víctima dos, era aún más deplorable, como si su muerte se debiese a una competencia por alcanzar con mayor precisión y firmeza los límites del dolor: su cuerpo (precisemos: una parte de su cuerpo, el tórax, los brazos y las piernas, pero no la cabeza) yacía en el piso como una escul-tura o un mueble roto, en cualquier caso nada que pareciese humano. Hecho un ovillo, como recobrando su olvidada posición fetal, o como si se protegiese de una avalancha de golpes y patadas, permanecía escurrido a un lado de la cama. Sólo el cuello tronchado, la ausencia de cabeza y rostro y alma, mostraba su verdadera condición. "¿Pero cómo pudo alguien salir del hotel con semejante cargamento?", balbució un oficial sin obtener respuesta, más bien incitando el espanto de quienes guardábamos silencio. Pero era cierto: el asesino o asesinos habían sustraído la pieza cercenada de la habitación. No se había o habían contentado con torturar y matar a sangre fría a los dos hombres, sino que incluso había o habían desprovisto a uno de ellos de aquel componente básico: le había o habían arrancado la cabeza, el alma. Ningún otro indicio pudo hallarse del criminal o criminales: no se descubrieron huellas ni armas; se había tratado de una especie de ritual, una ceremonia de tortura donde las víctimas no habían opuesto resistencia. ¿Cuánto tiempo pasa antes de que sea revelada la identidad de los sujetos que de pronto saltan a la fama y a la celebridad por haber sido víctimas de un crimen atroz? ¿Cuánto tardan en aparecer los rumores y los chismes, y cómo se trasladan de un lugar a otro, dueños de una velocidad que iguala al sonido? ¿Cómo, en fin, las noticias se vuelven tema de sobremesa y cómo se agotan al cabo de unos días? Resulta increíble comprobar la rapidez con que una pista, una indiscreción cometida por quien menos tendría que tenerla, se multiplica y se desmadra. De pronto infinidad de reporteros y fotógrafos corren y se desplazan de un lugar a otro, pergeñando boletines y notas, llamando a sus redacciones para informar lo que nunca debería informarse, para revelar al público, siempre ávido de muertes, los detalles y minucias de sucesos que, por azar, por descuido o por la intervención de ciertas oscuras voluntades, se vuelven noticias. Gracias a que nuestro informante nos llamó con su desesperación habitual (trabaja en un cuerpo policial y siempre teme ser descubierto mientras se comunica con nosotros aunque, eso sí, no duda en recibir la paga que nos reclama después, a veces antes de salir de la escena del crimen), Juan Gaytán y yo fuimos los primeros en conocer la identidad de una de las víctimas, luego confirmada por el ministerio público: ahora la noticia no sólo sería atroz y tremenda, sino escandalosa, de imprevisibles consecuencias, muy lejana del ámbito de cuchilladas y venganzas entre desconocidos, cuyas muertes a fin de cuentas sólo importan por el impacto de la violencia y la cantidad de sangre y pesos que arrojan en los periódicos: la materia prima de la nota roja diaria. Por el contrario, ésta habría de convertirse en la nota más importante de la prensa nacional, y aparecería en spots de radio y TV, e interrumpiría telenovelas, caricaturas y las olvidadas películas mexicanas de la tarde, para espanto de amas de casa, padres de familia y niños que estarían entreteniéndose con sus propias dosis de violencia. De confirmarse la sospecha (como se confirmó) se transformaría en una de las revelaciones más importantes del año, o por lo menos del mes, capaz de volver famoso a los periodistas que la cubriesen en primer lugar —Juan Gaytán y yo—, o al menos les garantizaría (eso pensábamos) unas bien pagadas vacaciones. Era para celebrarlo: de ser cierto (como lo fue) y en caso de obtener la primicia (como la obtuvimos), Juan Gaytán y yo entraríamos por la puerta grande en la Historia (así, con mayúsculas): el sueño de cualquier periodista, incluso de nuestra estofa. Todo ocurrió según lo imaginamos, como demuestran las hojas que escribí en el automóvil al salir de ese cuarto de hotel y que corrimos a entregar a la redacción de *Tribuna del escándalo*. La fotografía de Juan Gaytán apareció a la mañana siguiente y luego fue reproducida, con o sin autorización, en infinidad de medios en todo el mundo: Alberto Navarro, ministro de Justicia de la República, había sido brutalmente asesinado en un hotel de las afueras de la ciudad (nótese la cantidad de eufemismos en una sola frase: así apareció el titular de *Reforma*). Tal cual: el ministro de Justicia, el primero que ocupaba ese cargo, creado expresamente para él por el presidente Del Villar, había sido encontrado ("en circunstancias deplorables", le dijo al presidente el coronel Rodríguez Piña, director de Investigaciones de la policía: y también esto era un eufemismo) en un hotel de mala estofa y, lo que era aún peor, en compañía de otro cadáver, todavía no identificado, al cual le faltaba, o había perdido, o al que le habían arrancado (¿cómo decirlo?), la cabeza (sí, la cabeza). "¿Maricones?", dicen que dijo el presidente. "Aún no lo sabemos", tartamudeó Rodríguez Piña, "parece que no, o al menos no de forma cotidiana, señor". De qué modo la fama cambia y nos transforma, cómo un día somos una cosa, y todos nos ven y conocen y recuerdan como tal, acaso la imagen que hemos creado a lo largo de los años de penas y denuedos, para que de pronto, con un sólo golpe de suerte (de mala suerte, de infortunio), nuestra fama sea otra, la celebridad nos rodee por motivos distintos o contrarios a los nuestros, y todo lo que habíamos construido se derrumbe, como si nunca hubiese existido, convirtiéndonos para siempre, para la eternidad y el futuro, en algo que no éramos y nunca quisimos ser o parecer, o en lo que ocultamos cuidadosamente de nosotros mismos y que ahora la mala suerte y el infortunio sacan a la luz. Un segundo de fama (una fotografía tomada a traición) es capaz de borrar una vida. El infeliz ministro de Justicia, a quien, a pesar de su cargo, su eficiencia y su rectitud, y las transformaciones y mejoras que introdujo para el bien del país, casi nadie conocía, se convirtió de repente en una celebridad —en un cadáver—: no el honrado, inteligente y eficaz ministro de Justicia que pretendía ser, sino el ministro de Justicia que había sido brutalmente asesinado y torturado en un motel (ahora sí, con *m*), junto con un individuo desconocido, pero no de su clase, el cual para más inri había sido decapitado. El pobre ministro de Justicia pasó a ser sólo una imagen dentro de la fotografía de Juan Gaytán, un poco oscura, con esa luminosidad ácida y fría —de relámpago— que provoca el estallido del flash, pero llena de contornos nítidos y sombras que, con mínimo esfuerzo, se convierten en cuerpos reconocibles pese a la reticencia o el horror; está tomada por encima del hombro de uno de los policías desde un ángulo oblicuo que procede de la puerta, la cama en primer plano (con su cadáver encima), las colchas arrugadas y llenas de sangre, los pliegues azules, la textura rugosa de las sábanas, como un centro de luz a partir del cual se coloca el resto de los cuerpos, un centro intocado y limpio a partir del cual emanan, poco a poco, la violencia y la muerte. El cuerpo de la Víctima uno —Alberto Navarro, ministro de Justicia— se ve de lado, el brazo y la pierna derechos con las cuerdas que aún lo atan y la pérdida de los dedos apenas visibles: miembros lánguidos, blanquecinos, no del todo débiles, de alguien que de joven debió ser fuerte e hizo ejercicio, pero que ahora lo ha dejado, igual que el sol, perdiendo consistencia; también se aprecian el vientre y el pecho y el cuello, llenos de sangre, hundidos como si se tratase de un balón desinflado —el vientre un poco menos—, y apenas, a contraluz (de otro modo hubiese resultado, *en verdad*, demasiado obsceno, incluso para ser publicado en *Tribuna del escándalo*), el pene erguido, cubierto (sólo por unos segundos, de aquí para siempre) por la funda que le ha colocado encima la mujer policía; pero la mayor pena y el mayor impacto no lo provocan la sangre y las llagas o la indefinible posición del ministro de Justicia, sino su rostro, donde confluyen las miradas y los terrores: un rostro que de cualquier modo nadie, ni siquiera su esposa o su familia, podría reconocer como el del ministro de Justicia aunque sea el suyo, como si un pérfido caricaturista hubiera manoseado sus rasgos, exagerándolos hasta lo grotesco, haciéndole perder sus líneas finas y tenues, pero conservando cierto aire inimitable, cierta aura que, debajo de las protuberancias, los moretones, las cortadas y los mechones de cabello, indica que no puede pertenecer más que al ministro. Sus ojos se mantienen abiertos, nadie se ha atrevido a cerrárselos, ni siquiera la pudorosa mujer policía: vidrios azulosos, impávidos, detenidos con su última visión: acaso, como en las películas, con el rostro y los rasgos de su asesino o asesinos;

ojos sin expresión, vacuos y tenues, con un leve fulgor que escapa de los párpados hinchados y purpúreos, de los pómulos rasgados y del mentón torcido; la nariz, por su parte, es un montón de carne, igual que los labios, los cuales no se distinguen debido a la sangre que rodea la boca y la barbilla; la única parte reconocible de Navarro son los dientes y la sonrisa súbita —con su ironía doble, mortal—, esa sonrisa que, desde luego, ya no le pertenece a él, sino a su cadáver; esa sonrisa que prueba que aquello que un día fue —el hombre recto que ayudaba a guiar los destinos del país—, ha dejado de ser: una burla sádica que no le pertenece al muerto, ni al destino, ni siquiera al homicida, sino a la irracionalidad del mundo o acaso de nuevo a la mala suerte o al infortunio que han caído ahí, en ese cuarto de hotel o motel, primero sobre las víctimas, quizá también sobre el asesino o asesinos y, por descontado, sobre todos los que contemplamos la escena. Cerca del borde de la foto, en segundo plano, pero aún iluminado por el flash o los últimos restos de luz que se asoman desde la ventana, el otro cadáver —el medio hombre—, un resquicio, una entelequia que nadie querría reconocer como lo que es: un ovillo negro, un hato de ropas negras esparcidas por el suelo, nunca un cuerpo humano; pese a su relativo disimulo, la sola presencia de aquella sombra constituye el signo más ominoso, la demostración más clara de que los acontecimientos que han tenido lugar en ese cuarto de motel no pueden ser sino consecuencias del mal, de los demonios que alguien, brutalmente, soltó esa noche...

La fotografía seducía y horrorizaba más por lo que callaba que por lo que decía: lo que menos quería saberse, lo que nadie buscaba hallar o reconocer a partir de sus luces y tinieblas, no era lo que ahí se veía —las muertes—, sino los hechos ocultos detrás de ellas: el pasado inmediato, las causas y los motivos, las furias desencadenadas y el dolor puestos en marcha de los sujetos que ahora ya no lo eran, por aquel o aquellos, desconocidos o ignotos, prófugos quizá, que también habían concurrido al cuarto del hotel y de los cuales nosotros no teníamos sino atisbos, señales. La foto petrificaba y por lo tanto mentía: las horas —¡horas!— transcurridas adentro de esas cuatro paredes quedaban fuera de las imágenes, y por tanto hacían olvidar lo verdaderamente atroz, los minutos previos e invisibles que habían precedido a los resultados que ahora veíamos. Sólo una película o un video hubiesen alcanzado a mostrar la verdad: el movimiento y el trance y el lento paso de los segundos (lo peor de la tortura) hasta llegar a las muertes, en algún sentido lo menos importante de todo. Ni siquiera valía la pena hacerse las preguntas obligadas y necias —quién es capaz de hacer algo así, o por qué—: la mera visión de las muertes demostraba que, en la insania o fuera de ella, obra de un loco o no, el asesino o asesinos habían tenido motivos suficientes para realizar lo realizado: las muertes eran tan terribles, tan claras, que no daban lugar a especulaciones: el autor o autores del crimen habían perseguido denodadamente el dolor ajeno, como si se tratase de una droga, del único medicamento capaz de curarlos de su intolerable dolor. No había otra explicación posible, por más que detestemos las consideraciones psicológicas tan de moda para justificar o camuflar la evidencia: el estado de aquel cuarto de hotel bastaba para comprobar que ahí yacía, un poco oscurecida, casi atenuada por el horror, pero inevitable, insoportablemente presente, una trama abyecta que necesitaba ser revelada, por más que ello sólo fuese a incrementar la angustia y el pánico de los sobrevivientes, por más que a nadie conviniese tal pesquisa: ni a la familia del ministro de Justicia, ni a los parientes del cadáver incógnito y desde luego tampoco, mucho menos, al gobierno de la República. Estas consideraciones hacían que el crimen se perpetuara en el tiempo más allá de cualquier voluntad: el crimen *debía* ser investigado ("hasta las últimas consecuencias", dijo como siempre la policía), el público *debía* conocer la verdad (al menos algunos avances hasta que encontrase un nuevo entretenimiento), y el culpable o culpables *debían* ser hallados y castigados, sin importar quiénes fuesen, todo ello gracias a la inercia propia de los homicidios, no porque en realidad alguien quisiese buscar últimas consecuencias, descubrir identidades o dictar castigos: este largo y abstruso proceso, de llevarse a cabo, equivalía a mantener las heridas abiertas y sangrantes —un sangrado interminable: una muerte más cruel que las ya ocurridas—, y provocaría sin duda el desprestigio del reluciente y ahora occiso ministro de Justicia y, por descontado, la ruina del gobierno de la República. Qué manía de seguir matando a los muertos, qué insana voluntad de mirar la sangre y la podredumbre hasta llenarnos los ojos y los oídos y las pantallas de televisión: en estos "tiempos difíciles" (palabras del presidente Del Villar, dichas, hay que creerlo, con las mejores intenciones) había que "mantenerse unidos, evitar los rumores que vulneraban la estabilidad de la democracia que con tantos sacrificios había sido alcanzada por el país" y, en fin, "andarse con cuidadito" (palabras, no tan bien dispuestas, de Rodríguez Piña): lo que equivalía, en mis menos cuidadas frases, a callarse la boca, hacerse el muerto, nunca mejor dicho, y esperar a que se desarrollase el normal "curso de las investigaciones" (es decir: el olvido). De este modo, uno de los crímenes más espantosos de que se tuviera memoria debía ser olvidado por la fuerza: debía desaparecer cuanto antes de las mentes y las pláticas de los ciudadanos, resuelto o no. Acertaba Leonardo Sciacia: ningún crimen en el que se vea entremezclado el poder jamás será del todo esclarecido. Todavía nos encontrábamos en el motel, a punto de salir, cuando estas consideraciones ya nos rebasaban: se había puesto en marcha la rueda que en apariencia solucionaría el crimen pero que sólo habría de llevarlo a su inevitable encubrimiento, a su liquidación. El poder es ciego, pero opera rápida, imperceptiblemente. Cuánto tardaría el personal de limpieza en borrar la sangre y despejar los desechos, qué tiempo les llevaría a esos incógnitos seres —nunca se les ve ni se les conoce pero su obra se nota de inmediato—para borrar las huellas y retirar los cuerpos y los fragmentos arrancados a los cuerpos, dejar el cuarto impoluto, como si nada hubiese ocurrido: un mísero cuarto de hotel como cualquier otro, listo para albergar nuevos deseos, semen, dinero para las putas que yacerían de nuevos entre sus muros, sin saber quizá, sin sospechar siquiera lo sucedido, sin adivinar —clientes y putas, parejas de amantes escondidos— que el lugar de sus gozos, pleitos y reconciliaciones había sido marcado por la muerte. El olvido es un bien necesario para todos y nadie tiene derecho a perturbarlo en aras de ideas vacías y demagógicas como justicia, bien o verdad: aunque no se dijese así, abiertamente, era lo que pensaban todos los involucrados, lo que todos hubiesen querido: un olvido paulatino, profundo, confortable. Yo, que he visto tantas muertes similares, tantas que no sabría recordarlas, no tenía por qué pensar diferente: había conseguido una exclusiva, la había publicado, y ya habían pasado veinticuatro horas desde entonces: acaso debía disfrutar un poco más mi éxito, y luego dejar que se pudriese, como otras tantas historias, igual o más terribles, con que me he topado o que he perseguido con denuedo. Sin embargo, casi por casualidad, por uno de esos mínimos detalles que revelan largas conexiones —el destino—, no puede desprenderme de estas muertes, aun si sabía que lo mejor era apartarlas de mí, aun si intuía la incertidumbre y el dolor y la fatiga que habrían de causarme. Era tarde, la noche humeaba atrás de mí, por la ventana, y la lamparita sobre mi escritorio me calcinaba los ojos; me deshice del cigarro y, antes de dormir, tomé de nuevo el ejemplar de *Tribuna del escándalo* que traía en primera plana mi nombre y mi crónica y la fotografía de Juan Gaytán (aún ahora me sorprende que ese estúpido acto fuese la causa de tantas consecuencias posteriores, de tanta angustia). No sé si fue mi vista calcinada, o el azar, pero entonces observé algo que no había visto antes: una señal, un indicio que nadie más que yo sabría interpretar —y por lo tanto una especie de orden venida de ultratumba—, un indicio que a la policía y al gobierno les pasaría desapercibido o tomarían por una ridiculez sin importancia, pero que para mí representó una sacudida radical, un cambio, una drástica transformación de mi vida (a partir de ese instante también yo dejaría de ser lo que era para convertirme en otra cosa, en algo que nunca había buscado y que nunca había sido antes), una iluminación: yo conocía a aquel sujeto, yo sabía quién era el hombre que había muerto al lado del ministro de Justicia. Es más: había hablado con él, había sido mi amigo. No me equivocaba: era él. En su mano izquierda, perfectamente reconocible, estaba la marca que lo delataba: mi anillo, el anillo que yo le había dado mucho tiempo atrás, antes de que se convirtiera en cadáver decapitado e ignoto (aunque su identidad estaba a punto de ser desvelada); el anillo, *mi* anillo, que había intercambiado por el suyo en una tonta ceremonia adolescente. Ese cadáver le pertenecía a Nacho, mi compañero de escuela, a quien no había visto en años: él me había llevado a mi primera noche de putas, cuando estudiábamos la preparatoria, sin que hubiésemos podido imaginar que volveríamos a encontrarnos así, dieciséis o diecisiete años después, él convertido en un cadáver sin cabeza retratado por Juan Gaytán y yo en el infeliz reportero que lo había descubierto allí, en el lugar de los hechos, aunque sólo ahora lo reconocía y lo arrancaba del anonimato para reintegrarle un nombre y una historia, los restos de su pasado: su *espíritu*. Qué extraños son los hilos que nos unen con los otros (como no logramos comprenderlos los llamamos fatalidad o coincidencia o suerte): es como si el azar gobernara todos nuestros actos y algo que al principio nos parecía fútil e intrascendente, al cabo del tiempo termina vinculándonos con quien menos pensábamos y con quien nunca hubiésemos coincidido de no existir ese retraso o ese encuentro pasajero o esa decisión tomada sin cautela (el efecto mariposa: cada uno de nuestros movimientos se vuelve decisivo en el imposible reino del futuro). Una absurda e impensable coincidencia había emparentado, al menos en la muerte, pero quizá no sólo allí, a Alberto Navarro y a Ignacio Santillán, y no es cosa frecuente morir en semejantes circunstancias. Pero no sólo eso: como ellos ya no podían referir sus encuentros o la casualidad que los había acercado, había aparecido yo, un turbio reportero, para colmo, como el nudo que ahora podía hacerlos hablar y que acaso desvelaría la historia oculta que los había llevado a morir en ese mismo cuarto de motel. Qué sombras, qué pecados, qué trances habían unido para siempre, para la eternidad, a estos dos hombres: de qué serían responsables y de qué inocentes (cuando alguien muere así, de inmediato se le deplora y compadece sin considerar la posible y probable participación en sus horribles muertes), y cómo podrían revelarse semejantes consideraciones. No había remedio: yo había reconocido a Nacho, y eso bastaba para cargarme con una responsabilidad de la cual no podría despojarme fácilmente: el conocimiento especial que nos separa de los demás y nos hace distintos. La sabiduría indudablemente me brindaba algún poder, la capacidad, única acaso, o al menos inimitable, de relacionar los hechos y conocer las causas y establecer la verdad, el poder que emana del don o del artificio de *ver* allí donde los otros están ciegos, de *reconocer* las formas y las figuras mientras los demás permanecen en la noche. Estaba obligado, pues (yo apenas lo advertía, lo descubría lentamente), a ejercer el poder que me había sido concedido (el poder no ejercido no existe, no es poder), a esclarecer y clarificar lo sombrío, a convertirme, como explorador, como taumaturgo, en el responsable de desentrañar los vínculos que unían a Alberto Navarro y a Ignacio Santillán. Esclavo de mi propia sabiduría, me apresté a convertirme en nuevo verdugo, en nueva víctima.

Quisiera escribir que Ignacio Santillán y Alberto Navarro nacieron a la misma hora, doce de la noche, del mismo 13 de octubre, pero la conciencia bastaría para desprestigiarme: los datos no son exactos y la información proporcionada por las familias no suena confiable. También me gustaría decir que poseían un antepasado común o que ambos nacieron en la misma clínica, pero nadie querrá asegurarlo. Bastará decir, pues, que ambos padecían una misma enfermedad, hemofilia, para comprobar la estrechez de su vínculo. No obstante, en una improvisada conferencia de prensa, a la que desde luego no fui convocado, la Fiscalía General de la República sostuvo, inamovible, la opinión contraria: ningún nexo, "aparte de las muertes en el mismo lugar", existía entre el difunto Alberto Navarro, ministro de Justicia, y el sujeto que (gracias a la información que yo le había proporcionado a Rodríguez Piña) había sido identificado como Ignacio Santillán, trabajador de la empresa Cimex, de treinta y siete años de edad, con domicilio en etcétera, etcétera. ¿Y quién podría rebatir las conclusiones del eximio fiscal general? El prestigio del doctor Corral Morales bastaba para acallar toda duda, por más que sus palabras fuesen falsas, y eso sin tomar en cuenta que la dolorosa conjunción de sus muertes —de sus muertes atroces— era ya prueba suficiente de que la relación entre los dos hombres debía ser más complicada de lo sostenido por él. Para distraer la atención de esta incongruencia, el doctor Corral Morales se limitó a detallar las causas de las muertes (aunque no habló de la desaparición de la cabeza de Nacho) y confirmó, con un gesto de repugnancia cuidadosamente estudiado, que los dos individuos habían sido torturados (aunque tampoco especificó cómo). Respecto a los móviles de los homicidios, o la identidad del asesino o asesinos, no dijo nada: "En cuanto dispongamos de más información, queridos señores de la prensa", terminó con su voz afelpada, "ustedes serán los primeros en saberlo".

El rostro del Viejo se contrae con una expresión que no es de asco ni de pena ni de desesperanza (las reacciones típicas de quien ha escuchado una confesión semejante), sino de asombro, más por descubrir las capacidades ocultas de la mujer que por la naturaleza —atroz— de los hechos que ella le revela. El Viejo agita las manos, camina de un lado a otro y trata de convertir en imágenes, un tanto prejuiciado por la fotografía de Juan Gaytán, las palabras que ella ha depositado en sus oídos. Mira a la muchacha, sus jeans rotos y su rostro sin maquillaje, el *body* rojo que revela el abrupto contorno de sus senos, su cabello negro recogido en una cola de caballo y su piel sin maquillaje, y trata de imaginarla —zarigüeya indefensa— en el lugar de los hechos. Ella llora y suspira y ríe, como si los recuerdos dolorosos (la muerte del ministro), nostálgicos (la última vez que hizo el amor con él) o alegres (la muerte de Ignacio Santillán), aparecieran en su cerebro de un tirón y ella fuese incapaz de controlarlos o detenerlos. "¿Qué pasó con la cabeza?", la distrae el Viejo. "¿Cabeza?", musita Marielena Mondragón. "La cabeza de Nacho, joder", repite el Viejo, impaciente. La joven parece no oír o no entender: no está presente, aún se vislumbra en el motel, al lado de los cadáveres, muda. El Viejo la toma por los hombros y la estruja, en vano. Marielena permanece inmóvil, con los ojos color chocolate bien abiertos, fijos en las cadenas de oro que se mecen en el pecho del Viejo, enmarcadas por su camisa roja. Sólo ve los puntos de luz que giran de un lado a otro del metal conforme su portador avanza o retrocede o se enfurece. "La ca-be-za de Ig-na-cio", el Viejo hace gestos y ademanes. "¿Dónde diablos quedó?"

De las personas menos pensadas se obtienen, de vez en cuando, las revelaciones más sorprendentes: Filomeno Rivera, cuñado de la esposa de mi primo (hijo menor de mi tía Cesarina), fue siempre un opaco estudiante de medicina, de esos que estudian noche y día sin parar; un buen muchacho, pues, siempre dispuesto a aprender y a recibir consejos de los demás. De vez en cuando me llamaba y yo hacía lo posible por no colgarle de inmediato: no toleraba el ritmo apelmazado de su voz cuando me preguntaba, sin falta: "¿y tu esposa?". Por eso, cuando, en vez de escuchar la voz de Juan Gaytán —o la de Susana, una secretaria con la que iba a salir esa tarde—, escuché la suya, estuve a punto de decir, con voz eléctrica: *en este momento no puedo atenderlo, pero si gusta dejar un mensaje o enviar un fax hágalo después de escuchar la señal.* Pero no me atreví y, gracias a ello, me enteré de que Filomeno realizaba su servicio social en el Semefo (ah, no me digas, qué interesante), donde acababa de presenciar la autopsia del exministro de Justicia Alberto Navarro (eso sí que era interesante). Mi tono de voz cambió de súbito y, como quien no quiere la cosa (de cualquier modo su inteligencia no daba para mucho), lo obligué a contarme cuanto sabía. Así me enteré del gran secreto: según Filomeno, el rostro y el sexo y el vientre de la Víctima uno, es decir, de Alberto Navarro, el ministro de Justicia, se encontraban bañados en espesos jugos vaginales, aunque aún resultaba imposible determinar a quién pertenecían. Eso quería decir que el asesino, o uno de los asesinos, o al menos alguien que estuvo en el lugar de los hechos antes o durante o después de la muerte del ministro, era una mujer. Obviamente, a nadie convenía que se filtrase tal descubrimiento, la esposa y las hijas del ministro no tenían por qué sufrir, no había motivo para publicar las pistas que conducían en esa dirección; en todo caso, de ser la mujer la asesina o uno de los asesinos, su sexo sería evidente cuando fuese capturada, sin necesidad de aumentar el escándalo y el morbo del público, su necesidad de saber más. Agradecí a Filomeno su amabilidad, quedé de llamarle otro día y sólo en el último momento, para no fingir demasiado interés, le pregunté si también había participado en la autopsia del otro cadáver. Me respondió, entusiasmado, que sí. "Oye, Filo", le dije entonces, "¿tú crees que podría ver sus objetos personales?" Rio estúpidamente y, con un tono de complicidad, añadió: "Creo que puedo arreglarlo, sí". Ahora no me quedaría otro remedio que invitarlo a comer.

Cuando lo descubrí ni siquiera me tomó por sorpresa, incluso debí haber supuesto que se trataba de un antecedente lógico e indispensable de la personalidad de Ignacio Santillán: había nacido en una familia de invidentes. Tanto su padre como su madre eran ciegos de nacimiento, de modo que (sé que es un mal chiste) nunca *vieron* a su pequeño. No atino a suponer qué desean los padres de un niño que se encuentra en tales condiciones, hasta dónde hubiesen preferido, por identidad y conveniencia mutuas, que también fuese ciego, o quizá es al contrario y la oscuridad necesita forzosamente de la luz. Así era Ignacio: tanto un producto de las tinieblas como una criatura lanzada de la noche al día en ese prolongado y absurdo recorrido que terminó aquel 26 de agosto en el que, por fin, agotado, destruido, se reintegró a las sombras. No ha de ser sencillo comprender a un hijo que, de pronto, inexplicablemente, se adentra en un lugar que no conocemos y en el cual somos incapaces de ayudarle: los padres de Ignacio estaban acostumbrados a vivir en un entorno donde el tacto y el oído y el olfato, las texturas y los ruidos y los aromas, eran las únicas llaves del mundo; cómo exigirles renunciar a todo ello, cómo exigirles que entendieran de repente palabras (azul o rojo o madreperla) que para ellos carecían de significado. Porque el reino de los ciegos no es la casa de la oscuridad, ni una caverna o un precipicio: para ellos la luz es un estímulo, una temperatura, no una carencia ni una falta. Nadie tendría derecho a perturbar esta creencia, como nadie tendría derecho a revelarnos a nosotros, los normales, la existencia de un sentido más que nos permitiría conocer sensaciones desconocidas, nuevas e inquietantes percepciones. No quiero decir que los padres de Ignacio no lo quisieran, tampoco que se declarasen incompetentes para atenderlo o educarlo; sólo que, más que en ninguna otra familia, la barrera que los separaba de su hijo era enorme, ineluctable. Poco a poco, conforme crecía, el niño se alejaba de la invisibilidad original (el territorio de los mayores), como en un nacimiento prolongado en el que se deja lentamente el regazo materno. Como si el nacimiento no hubiese bastado para separar los cuerpos que antes se encontraban unidos, la luz practicaba una cesárea permanente, y no menos sangrienta, en la cual Ignacio iba tomando lenta conciencia de su lejanía: de su *diferencia*. Ni siquiera al cerrar los ojos, o en las penosas madrugadas en que clausuraba cortinas, puertas y ventanas, en busca de su añorada oscuridad, volvía a sentirse cerca de sus padres. Él tampoco podía comprenderlos: vivían en mundos opuestos, ellos sumergidos en el fondo de un mar, él flotando apenas, nadando sin fuerzas, añorando las profundidades. En sueños, pesadillas que se le aparecían con los tonos y brillos vivificados, se imaginaba introduciendo las dos aspas de un compás en sus pupilas, observando con calma, sin dolor, cómo el rojo se convertía en un pausado y seguro negro. Nacho no tuvo hermanos. Fue un niño solitario y apartado. La escuela, la compañía de personas normales, que distinguían las siluetas como él, que apostaban a ver objetos cada vez más chicos, que hacían bizco o se colocaban los dedos entrecerrados frente a los ojos para distinguir mejor los detalles, no eran de su agrado: tampoco ese era su mundo, también ahí era diferente. Y no sólo por las burlas o los apodos, por las risas calladas con las cuales lo veían partir al lado de su madre, sirviéndole de lazarillo, sino por el carácter general de una tierra que no le parecía ni propia ni digna; a ellos no les importaban las palabras ni la música ni el contacto con los otros, eran más ciegos que los ciegos, desprovistos no de uno, sino de cuatro sentidos. Pero en casa intentaba devolverle el equilibrio a su tristeza. Al principio se quedaba horas tratando de describirle a su madre la forma precisa de una lámpara, o el tono exacto de una colcha, o las transformaciones que el sol efectuaba, en su paso por el cielo, en las hojas del colorín plantado frente a su casa. Ella lo escuchaba en silencio, con mesura (la connivencia propia de los padres que sonríen ante los mundos inventados por los hijos), animándolo cuanto podía, pero incapaz de imaginar las minucias que él se esforzaba en concederle a las palabras: blanco como las quemaduras del hielo, rojo como las flamas de la estufa, azul como la música que se oye por radio, verde áspero, amarillo lejano, púrpura como el olor de las uvas pasadas… Casi sin querer, muda, la madre se alejaba de sus metáforas y entonces él se quedaba solo durante horas, añorando un lenguaje en donde los sonidos revelasen las más sutiles diferencias entre los objetos; un lenguaje que reuniera en sus letras cuanto nos rodea; un lenguaje infinito, eterno como el paisaje que se extendía frente a él cuando subía a la azotea de la casa, y que sus padres jamás podrían contemplar. Cuando aprendió a leer —no sólo en braille—, la vida de Ignacio dio uno de sus giros definitivos: se encontró de pronto con otra realidad, donde las palabras revelaban las modificaciones de lo que está afuera de nosotros. No era un lenguaje nuevo, de hecho era el mismo idioma de siempre, si bien las letras impresas dibujaban en su mente formas, colores y figuras, pero también olores, sonidos y emociones nuevas. Veía cosas sin necesidad de mirarlas, sin que tuvieran necesidad de existir; estaban ahí y eran reales, tanto como el mundo que él les describía, penosamente, a sus padres. Los libros contenían la misma paradoja que sustentaba a Ignacio: hacía falta ser normal, tener los ojos sanos para observar las formas de las letras y los números, pero luego se necesitaba ser ciego, cerrar los ojos y contemplar adentro, en el fondo de nuestra cabeza, en la oscuridad de los pensamientos, las imágenes que iban surgiendo de la nada: el otro lado del espejo que aparecía, imperturbable, en la memoria. Ignacio tenía siete años. Desde entonces, y hasta que cumplió veintidós, cuando su vida volvió a cimbrarse, prácticamente no hizo otra cosa sino leer: cuanto libro, revista o periódico llagaba a sus manos era devorado por él con un afán que llegó a preocupar a sus padres. Toda la tarde y parte de la noche, e incluso cuando estaba en el baño, o bajo el agua de la regadera, o en el transporte a la escuela, Ignacio devoraba páginas interminable, frenéticamente. Continuó teniendo pocos amigos, a los que casi nunca veía: su único deseo, su única vocación, era leer. Primero fueron narraciones infantiles, luego libros de botánica, geografía y filosofía, y por último novelas y cuentos: decenas de historias que leía con fruición, a veces en voz alta para que su madre escuchara, aun distraída, los pasajes que más le emocionaban, pero casi siempre a solas, en silencio, encerrado en su habitación, con las cortinas cerradas y sólo la luz indispensable para distinguir letras y palabras. Novelas y cuentos de todo tipo, de aventuras y románticos, clásicos y nacionales, bestsellers y experimentales, actuales y folletinescos, de ciencia ficción y de terror. Como don Quijote (la comparación le encantaba), vivía entre libros, y entre libros desarrollaba su espíritu, aunque en su interior también se acuñase, latente, agazapado en medio de tantas frases, como un quiste, como un cisticerco que aguarda el momento propicio para despertar, el oscuro delirio que lo conduciría a la muerte. La primera vez que hablé con él fue también gracias a una novela, una mala novela de hecho: *El empalador*, el (espantoso) libro que escribí cuando tenía diecisiete años.

Dos semanas después del descubrimiento de los acontecimientos, apareció por fin, en el lugar y la situación menos pensadas, la cabeza (o lo que quedaba de ella) de Ignacio Santillán. Pero esta vez el pitazo fue extemporáneo: llegué a tiempo de mirarla y de confrontar el horror de todos los mirones que la observaban (por más que alguien como yo esté acostumbrado a ver muertos a diario, resulta diferente encontrar la cabeza de alguien que fue cercano a nosotros convertida en alimento para gusanos), pero, acaso por fortuna, Juan Gaytán no pudo encontrarme a tiempo y de este modo *Tribuna del escándalo* perdió la nota y gran parte de la fama que había adquirido en los días previos. Fue un niño de diez años, Manolito Sánchez, ahora sujeto a un tratamiento psicológico, quien la descubrió, clavada en una estaca, al fondo del Cementerio Inglés. El pobre Manolito se había resistido a acompañar a sus padres a visitar a la abuelita, el eufemismo que utilizaban para señalar el acto, inútil y macabro a ojos del infante, de depositar flores en la lápida que ocultaba la calavera y los huesos de la madre de la madre del pequeño, pero los padres no hicieron caso a sus protestas y lo obligaron a acompañarlos. Cuando se encontraban en medio de su desoladora ceremonia —era martes, aniversario de la muerte de la anciana, y el panteón se encontraba vacío—, Manolito se separó de ellos y comenzó a pasearse, superando su miedo, entre las tumbas y capillas y mausoleos del Cementerio Inglés. Recorrió la calzada principal hasta la pequeña iglesia que hacía las veces de centro del lugar (una destartalada imitación gótica) y prosiguió su camino hasta el límite exterior del camposanto, ahí donde aún había terrenos en venta a perpetuidad; debajo de un fresno, clavada, como dije, en una estaca, se pudría la cabeza de Ignacio Santillán, mi compañero de escuela, el voraz lector de novelas, cuyo cuerpo había sido encontrado, quince días antes, al lado del cadáver del ministro de Justicia en un sórdido cuarto de motel. Manolito, que no sabía nada de esto, corrió y gritó, llamó a sus padres y lloró con ellos —tardaron bastante en consolarlo, en desentrañar las palabras entretejidas con los gemidos, y en creerle—, hasta que por fin encontraron a un cuidador y éste llamó al empleado que custodiaba la entrada del cementerio, quien a su vez llamó a la policía, y a los reporteros. "No puede decirse nada concluyente hasta que haya un dictamen pericial", respondió Rodríguez Piña, recién llegado, a las preguntas de los periodistas sobre la identidad de la cabeza y su probable correspondencia con el cuello y los restos de Ignacio Santillán. Parecía imposible que Nacho estuviese allí, que fuese él o en algún tiempo hubiese habitado el interior de aquella masa descompuesta en la que difícilmente se reconocía algo que hubiese estado vivo; imposible creer que adentro de esa piel carcomida y esa sangre coagulada y esos huesos se gestaron los innumerables proyectos que le oí alguna vez; que poseyera un cerebro preocupado por el placer y la angustia, la transición a la democracia y el mal, el sexo y las desgarraduras que le produjeron sus amores. Ahora estaba vacío, peor que un mueble, ni siquiera un cadáver, ajeno a cualquier devaneo, solo: muerto, inexistente. Sólo entonces me atreví a preguntarme: qué diablos le pasó a Ignacio Santillán desde que dejé de verlo, hacía no tantos años, qué lo cambió y transformó, qué lo hizo morir y ser decapitado en un sórdido cuarto de hotel o de motel junto al cadáver del ministro de Justicia: ¿qué puede hacer alguien, qué acto o tropelía cometer, o qué omitir, para terminar así, dividido, despedazado, el cuerpo en una parte —en el Semefo, bajo los acuciosos escalpelos de estudiantes de medicina—, la cabeza en otra, clavada en una estaca en la parte más apartada de un cementerio, como si fuese un esclavo irredento de la antigüedad, un hereje dominado por el Maligno? Inútil cabeza, inútiles labios desfigurados, inútil lengua muda: aquella cosa nada podría decirnos de sus padecimientos o de su historia, de la mala suerte o el infortunio que la había convertido en *eso*, del incierto destino que la había llevado de leer novelas, a convertirse, casi, en el espantoso personaje de un cuento de horror, o del destino.

Quién sabe por qué Ignacio no quiso estudiar literatura: a mí me pareció absurdo que quisiera ser arquitecto; él decía que el dibujo se le facilitaba y que sus mejores notas de la secundaria correspondían a esa materia, pero sus justificaciones difícilmente convencían a sus interlocutores, maestros y compañeros, y menos a él mismo (hasta que un día me dijo que su interés primordial era construir casas y edificios pensados expresamente para ciegos: proyecto al cual, sin embargo, nunca volvió). Pese a su inteligencia, Ignacio no era un alumno destacado sino más bien un desapercibido espectro que cursaba las asignaturas sin dificultades, pero sin ningún destello de creatividad; pasaba por las aulas cargando un ineludible par de novelas, y parecía no hacer otra cosa sino esperar la ausencia de un maestro o el retraso de alguna clase para sentarse en las bancas del patio trasero, a la sombra de un fresno, a concluir, desesperado, las historias que llevaba bajo el brazo. En aquella época yo estaba a punto de abandonar los estudios —lo haría definitivamente poco después, integrado de lleno a la lucha democrática y a la edición de un periódico juvenil—, pero entonces aún no había descartado por completo mi vocación de escritor; a diferencia de Ignacio, nunca me gustó demasiado la lectura, pero en cambio podía pasar horas borroneando poemas comprometidos o empeñado en terminar la insulsa novela de vampiros que había comenzado en la secundaria. ¿Qué nos llevó a encontrarnos cuando pertenecíamos a universos tan alejados, él de una escuela particular, donde había sido becado por sus buenas calificaciones, leído, callado y serio, y yo en cambio prácticamente analfabeta, pero con aires de intelectual, encabezando a un grupúsculo de luchadores por la democracia? Cierta vez llegué tarde a una de las asambleas que celebrábamos entonces con diversos representantes de eso que se hacía llamar la sociedad civil, así como de esos monstruos de mil cabezas conocidos como organizaciones no gubernamentales en el auditorio de la escuela; no me quedó más remedio que quedarme de pie al fondo de la sala, incapaz de atravesar la valla humana que se extendía frente a mí hasta el presídium (no estaba de humor para subir a la tribuna y, por una vez, decidí sólo escuchar las estupideces que vociferaban mis compañeros sin necesidad de contradecirlas). Distraído de cuanto sucedía al frente, descubrí a mi lado a un joven delgado, cubierto de acné, que, en vez de atender lo que ocurría, permanecía enfrascado en la lectura de un libro de pastas amarillas; lo miré fijamente, esperando que alzase la vista o me permitiese ver el título del libro: en vano. Al tipo de plano no parecía importarle que resoplase en su oído o que husmeara en sus páginas: permaneció inmutable, callado, indiferente al griterío y a las porras y a los abucheos (y a mi intrusión), como si se encontrase en un campo desierto, echado sobre el césped. No sabía si compadecerlo, enojarme por su falta de compromiso, o simpatizar con él: de algún modo el ejemplar en sus manos nos unía, establecía un lazo entre dos intelectuales cercados por la barahúnda y la multitud. Estuve a punto de hablarle cuando por fin el tema central de la disputa en la tribuna acaparó mi atención; a codazos, desafiando al gentío que se contorsionaba como una *troupe* de saltimbanquis, me abrí paso, dejando atrás a ese camarada, a ese solitario lector con quien me unía —sospechaba yo— una solidaridad secreta. Volví a toparme con él semanas más tarde, en casa de un activista, en una reunión secreta del movimiento: ahí estaba de nuevo, sentado en uno de los bancos de la cocina, otra vez con su libro de pastas amarillas entre las manos. Esta vez consiguió enfurecerme: ¿acaso se burlaba de nuestra lucha? ¿Por qué carajos asistía a las reuniones si a leguas se notaba que no le interesaban un comino? ¿Quién lo había invitado? Traté de averiguar cuál de mis colegas lo había llevado allí: se comportaba como un fantasma, una sombra hosca pero imprescindible. Qué clase de loco sería aquel que buscaba los lugares más ruidosos y menos propicios para leer, que con su molesta presencia y con su silencio sólo conseguía incomodarnos y estar él a su vez, suponía yo, igual de incómodo. Por fin encontré a alguien que dijo conocerlo: Beatriz, una muchacha pequeñita de voz ronca (y, según se decía, magníficos pezones color ciruela) que también estudiaba arquitectura. Ella se encargó de presentarnos: Nacho Santillán, Agustín Oropeza. Nacho apenas levantó los ojos, sonrió con descaro, quizá sólo con irónica complicidad, y por fin me extendió la mano. "¿Qué haces *tú* aquí?", le pregunté. "Escucho." "Pero si te la pasas con la vista clavada en tu librito." "Escucho con los oídos, no con los ojos." Me simpatizaron sus sarcasmos inocentes, su mustia arrogancia: no se parecía a los demás estudiantes que asistían a las reuniones. "Pero nunca opinas." "Sólo cuando me interrumpen." Me irritaba. "Tengo un libro", añadí sin embargo. Levantó la mirada, sin dejar de sonreír. "Ah, te felicito." "No entiendes. Un libro *mío*. Yo lo escribí. Acabo de terminarlo. Me gustaría que lo vieras." Soltó una risa leve y franca que en él debió ser el equivalente de una carcajada. "Lo puedo leer, sí." Días más tarde le entregué un sobre con el manuscrito de *El empalador*. Hojeó sus páginas como si fuera un mazo de naipes: ahí estaban de nuevo su boca abierta y sus dientecillos amarillentos. "¿De vampiros?" Asentí, avergonzado. "Un luchador por la democracia que escribe novelas de terror. Quizá sea lo más apropiado."

Un lobo de metal haciéndole el amor a una mujer desnuda: el animal permanece encima de ella, la cual yace inerme en el suelo, incapaz de defenderse —aunque su rostro, la comisura de sus labios, sus ojos abiertos, no sólo delatan espanto y pánico, sino ansiedad, el temor que se experimenta ante el placer desconocido: una violación que casi deja de serlo—, las patas deteniéndola, el hocico husmeando, quizá lamiendo su vientre y sus senos, endureciendo sus pezones mientras la penetra (suponemos) de forma violenta y feroz. Cuando por descuido lo olvidé sobre mi buró y mi madre lo encontró ahí, estuve a punto de ser expulsado del hogar: cómo me atrevía a tener semejante pornografía; en qué sucia mente había cabido la idea de tener un anillo semejante, de diseñarlo y fundirlo y, peor aún, de usarlo como si se tratase de una alianza de compromiso o de un regalo ("y en cambio no te pones la argolla que te regaló tu hermana Alicia"). Debo reconocerlo: la sucia mente que lo había diseñado era la mía, y también había sido yo quien mandó fundirlo: ahí quedo mi medalla de bautismo y una cadena que sustraje del alhajero de Alicia. En esa época me había entrado la idea de ser diseñador de joyas, como si existiese esa profesión, y el lobo y la mujer desnuda ("la virtud resistiéndose a la lujuria" le expliqué inútilmente a mi madre) eran, según yo, mi mejor trabajo. "Pues no puedes ponértelo mientras vivas en esta casa", concluyó la sentencia, inapelable, de mi madre. Durante algún tiempo me lo puse a escondidas, pero la rutina de quitármelo y ponérmelo terminó por aburrirme y por eso aquella noche, ayudado por el alcohol, me pareció de lo más natural intercambiárselo a Nacho por el suyo, una piedra roja, sin valor, montada en una argolla de plata: era una forma de agradecer los consejos que me había dado tras haber leído mi novela (me dijo: "se ve que tienes madera de escritor, tu estilo se parece al de Del Villar"). Lo había descubierto admirándolo, como casi todos los que se fijaban un poco en él, para orgullo mío, y me había dicho que le gustaba. Sin embargo, nunca, ni siquiera ese día, se lo vi puesto: por eso me extrañó tanto descubrirlo en la (atroz) fotografía de Juan Gaytán. Apareció allí como una señal, una clave expresamente diseñada para mí, un desafío. Soy yo, este cuerpo sin cabeza es mío, de Ignacio Santillán, date cuenta, Agustín, me estoy dirigiendo a ti y sólo a ti, parecía decirme. El lobo y la mujer desnuda nos ataban de nuevo: el lazo que Nacho me tendía desde el otro lado de la vida, desde su ominosa muerte y el olvido de los años, la forma con la cual me pedía ayuda, o voz. Más elocuente que si su cabeza, su cabeza desprendida de su cuerpo, me hubiese hablado.

¿Tenía Ignacio algún compromiso político, estaba en realidad interesado por el movimiento? Después de entregarle mi novela tuve poca oportunidad de reunirme con él, y menos aún de charlar: las elecciones se acercaban y la violencia había comenzado a incubarse y a estallar contra nosotros. Ahora, a la luz de los acontecimientos recientes, pienso que en verdad la asistencia de Ignacio a las reuniones y a los mítines, aun enclaustrado entre sus libros, resultó una actividad que dejó una huella mayor en él que en nosotros, los activos participantes de aquellos días: hoy los cabecillas del movimiento se hallan cómodamente instalados en el statu quo gubernamental; los líderes, los prisioneros, los vejados de entonces se han convertido en prósperos empresarios, asesores, colaboradores e incluso miembros del gabinete —como el propio Alberto Navarro—, o en apacibles académicos, todos ellos presumiendo la impecable limpieza de sus convicciones, defendidas siempre y en todo momento, sin claudicar. Yo no estuve en el momento de la represión y tampoco en las decenas de actos de resistencia civil desarrollados entonces, por coincidencia me había correspondido llevar a cabo otros encargos, lejos de los estallidos, pero era como si también hubiese sufrido las torturas en carne propia. Ignacio, en cambio, sí fue víctima directa del poder. Uno puede hablar mucho sobre transformaciones repentinas, súbitos pasajes de iluminación que de pronto modifican de cabo a rabo la vida de una persona, de momentos cruciales en los cuales se decide, acaso sin conciencia, el camino que se habrá de seguir; nadie dudaría que la lucha por la democracia fue una de esos momentos únicos, inolvidables. Para muchos, la súbita luminosidad de aquellos ideales decidió nuestros futuros, pero en el caso de Ignacio Santillán ocurrió algo diferente. Él pareció sufrir la metamorfosis contraria, una especie de regresión al estadio familiar del que había salido: otra vez la penumbra, el espanto, el vacío. Por fuera seguía siendo el mismo: taciturno y frágil, con su misma expresión de lánguido desamparo, su figura alta y esbelta, sus manos rudas que, según sus amigos, casi tropezaban con el suelo. Pero algo se había removido en su interior: una pieza se había desajustado, la maquinaria había sufrido una avería invisible a ojos de los demás. Ignacio prosiguió sus estudios de arquitectura y estuvo a punto de licenciarse con una tesis que sus asesores calificaron de brillante, pero nunca volvió a ser el mismo. En apariencia, comenzó a interesarse más y más por el mundo exterior, hizo nuevos amigos, y dedicó la mayor parte de su tiempo a las mujeres: de hecho, ellas se convirtieron en su sola obsesión. Concentrado en sus libros y su soledad, había permanecido lejos de ellas, virgen, a una edad que ya se consideraba absurda. Aunque había tenido un par de amigas, el primer beso que recibió fue inmediatamente anterior a su primera experiencia sexual. Empecemos con Adriana y Daniela: la primera, un par de años mayor que él, morena, ligeramente regordeta, con grandes ojos negros y nariz afilada, era una de nuestras compañeras de clase. Nacho apenas la recordaba, pero mientras platicaban en una fiesta (en medio de luces estrambóticas que no le permitirían enfocarla), ella lo convenció de la afinidad que los unía: le gustaban los poemas y la música clásica —había tomado lecciones particulares de piano cuando era chica— y se mostró cálida e interesada por las palabras que Ignacio, olvidando su natural mutismo, se esforzaba en transmitirle. A pesar de que nunca había sufrido ni física ni platónicamente los estragos del amor, él suponía que las novelas leídas durante tantos años le habían proporcionado una experiencia invaluable, superior a la de sus coetáneos. ¿De qué valían los acostones de sus amigos frente a la pasión, el deseo y las muertes de amor que él había vivido gracias a los libros? Ahora consideraba que esos cientos de historias turbulentas también le pertenecían, como si hubiesen sido suyas, la ficción vuelta parte fundamental de sus recuerdos. Con singular fruición teorizaba sobre el amor, tenía sus propias concepciones, y no perdió ocasión de revelárselas a aquella chica suponiendo que así lograría conquistarla.

Pronto la situación escapó de sus manos: el *affaire* salía mucho mejor de lo que había imaginado. Adriana, conmovida por el alcohol y sus palabras, se mostraba cada vez más dispuesta, más ansiosa de que Ignacio pusiese en práctica cuanto le narraba. En su repertorio de anécdotas literarias había decenas de situaciones como aquélla: sabía a la perfección como actuar pero no se atrevía siquiera a mover un músculo. Nacho bajó intencionalmente el tono de la conversación y, como defensa, recurrió a una de las estratagemas que a partir de entonces siempre le daría resultado para deshacerse de cualquier compromiso: le preguntó a la joven por su vida sentimental. Ella, furiosa pero serena, accedió al juego: reconoció su miedo y decidió hacerlo pagar por él. Así se hicieron amigos, los mejores amigos del mundo. Ignacio comenzó a buscarla desesperadamente, y Adriana siempre lo acogía: quizás en el fondo le agradase la compañía de aquel individuo lleno de palabras. Su rutina, sin embargo, se redujo a lo siguiente: ella le hablaba de sus novios, de sus amantes, de la forma en la que conquistaba a los hombres y de lo que le gustaba de ellos; Ignacio la escuchaba excitado y dolorido, incapaz de reconocer que se estaba enamorando, haciendo siempre su papel de interlocutor sereno de los problemas y conflictos de la muchacha. Nacho descubrió que sufría y que en verdad, como afirman los libros, era amor ese sufrimiento: aquella idea lo llenaba de absurdo júbilo. Por fin estaba entrando en el mundo real, el mundo del dolor. Aunque Adriana e Ignacio se volvieron inseparables, pronto apareció un tercer personaje en esta mezquina cuenta de equívocos: Daniela. Alta y delgadísima, de largo cabello rojo y pupilas como aceitunas; Adriana la había conocido en un campamento y no tardaron en hacerse amigas. En medio de su juego con Ignacio, se le hizo fácil proponerle un intercambio: si tú me presentas a un amigo —le dijo a él—, yo tengo una amiga a la que le gustaría conocerte; así podemos salir los cuatro. Ignacio no sabía qué sentimiento prevalecía en su corazón: los celos ante la posibilidad de ser él quien le proporcionara un nuevo amante a Adriana o el deseo de vengarse aprovechando la tentación que ella le ofrecía. Aceptó. Ignacio le presentó a Adriana a Luis, uno de sus pocos amigos, pero tras la primera cita ambos se mostraron igualmente decepcionados; en cambio, Ignacio y Daniela simpatizaron de inmediato: ella, dulce, quizá un poco ingenua, miraba a Ignacio con una mezcla de admiración y temor. Ignacio se dejó llevar por sus labios. Era el mejor modo de olvidar a Adriana. Sucedió lo contrario: comenzaron a salir los tres juntos. Ignacio estaba seguro de que Adriana estaba celosa y se regocijaba provocándola. Salieron a lo largo de dos intensos meses, llenos de reclamos, celos, disculpas y, sobre todo, incertidumbre y desesperación, hasta que Ignacio aceptó en silencio, sin decírselo a ella, sin confirmar las reclamaciones que a lo largo de ese tiempo le había hecho, que en realidad seguía enamorado de Adriana. Acaso este episodio, vano y fútil, en nada ayude a revelar las causas y la personalidad y el carácter de Ignacio Santillán (aunque podría invocarse, de nuevo, el efecto mariposa) pero, como me enteré de él por una voz muy cercana y completamente fiable, no he resistido la tentación de contarlo, de articular esta comedia como contrapunto, y además, debo reconocerlo, por motivos sentimentales: Daniela fue más tarde, a lo largo de tres años, mi esposa, y es la madre de mi hija.

Marielena Mondragón ha dormido durante casi veinticuatro horas seguidas; es algo que ni siquiera se parece al sueño: un abismo, un lugar blanco y luminoso en el que sólo de vez en cuando aparecen algunos colores, figuras irregulares (ella las recuerda como pequeñas esferas) que crecen poco a poco, aumentando su tamaño, hasta llenar su campo óptico por completo (la sensación es de que se van acercando a sus pupilas), luego se esfuman como si nada, vuelven a dejarle su lugar a la coloración lechosa, y el proceso se inicia recurrentemente, hasta la locura. Apenas acaba de despertarse y se siente lenta, abotagada, como si acabara de nacer (no podría saberlo, pero de cualquier modo lo piensa); no sabe cuanto tiempo ha transcurrido desde que llegó a su casa, ni tampoco como llegó a ella. Simplemente está ahí, sola, sobre la cama, como si no hubiese despertado del todo; pero algo ha ocurrido, lo intuye, lo tiene como una sensación fija en el paladar, una molestia en el estómago. Trata de levantarse y se da cuenta de la dificultad; le arden los brazos (descubre raspaduras recientes en el codo y las muñecas) y apenas puede mover la pierna izquierda. Hace un esfuerzo y se dirige al baño, se levanta el camisón frente al espejo y descubre más marcas, levanta la vista y el tono azulado de sus párpados, los labios descompuestos y la frente llena de sudor la hacen creer que es otra, y que efectivamente algo grave ha pasado. Comienza a recordar mientras orina dolorosamente. Regresa a la habitación y mira el reloj: las cuatro con doce, primero piensa que de la tarde, pero luego de ojear por entre las cortinas del cuarto se convence que son de la madrugada. Se apura, los nervios le estallan, abre la puerta y sale del cuarto apresurada, tambaleante, en medio de la oscuridad. "¿Por fin despertó la bella durmiente?" Escucha la voz entre sueños, como si el sarcasmo fuera de lugar viniese de ella misma. "En cambio yo estaba a punto de dormirme" —dice la misma voz cuando la luz de la estancia se enciende: pasan varios minutos antes de que ella descubra, entre el relampagueo y el asco y la sorpresa, los brazos y el abdomen de un hombre que no es el Viejo. "¿Qué haces aquí?", dice ella, tanteando. "Todo el mundo te busca y tú dormida, ¿no te parece una falta de consideración?" "¿A mí?" "Bueno, no saben que a la que buscan eres tú, pero resulta que eres tú." "¿Quiénes?" "¿La policía, tal vez?" Ya no tiene que seguir: los recuerdos, las imágenes la van invadiendo, van llenando sus ojos (ya no mira a aquel hombre), la arrebatan al tiempo: llora. "Por desgracia para ti, para todos, no es una pesadilla, Marielena —le dice él, con un tono calmado que la angustia mucho más que el previo—. Come algo si quieres y luego acaba de empacar tus cosas, tenemos que irnos." "¿Adónde?" "A casa del Viejo.

Si quieres salir de esta tienes que hacer lo que yo te diga. Va a ser arriesgado, pero no hay más remedio —en la voz del hombre no hay temor sino seguridad—. Ya hablé con el Viejo y está dispuesto." "¿Qué debo hacer?" "Ya te lo explicaré. Digamos nada más que esta feliz coyuntura va a hacer que al fin tú y el Viejo cambien de bando. Ahora que Navarro está muerto, sólo yo puedo salvarlos." Marielena Mondragón se derrumba, incapaz de sostenerse. "La hiciste buena", dice el hombre antes de levantarla.

El remordimiento se incubó en Ignacio de un modo extraño, acaso exagerado: yo conocí a Daniela poco después y, al menos hasta donde pude comprobar a lo largo de doce años, no se sentía tan conmocionada o agredida como él pensaba. Cuando se lo pregunté, ella me dijo que había sido una experiencia desagradable, en realidad se había encariñado con él y era una pena que Adriana se hubiese interpuesto entre ellos al grado de vencerla (o, más bien, de vencer a Ignacio). Para él resultaba muy diferente: por primera vez había hecho daño *conscientemente* a una persona y la experiencia le parecía perturbadora, no tanto por la culpa, que desapareció a las pocas semanas —otra de sus teorías era que siempre, en el juego del amor, uno es responsable de su propio sufrimiento, ese es el precio, la apuesta que uno está dispuesto a empeñar—, sino por una idea que poco a poco comenzó a obsesionarlo a partir de aquel momento: el poder del mal. Nunca antes lo había experimentado, decía; nunca antes lo había palpado en su cuerpo, era como una especie de calor interno, un fluido ardiente que subía desde el estómago a la cabeza (y en cierto modo le había gustado): no el llanto de Daniela ni sus súplicas, sino ser capaz de provocarlos. Antes le hubiese sonado ridículo que alguien fuese a suplicarle algo a él, como si fuese superior, arrogándose el privilegio de conceder o no lo que se le pedía. Aunque en el fondo siempre se creyese mejor que los demás, su convencimiento era sólo una defensa soterrada, un filón de

47

energía del cual podía sostenerse en los momentos de apuro, pero ahora, de pronto, alguien, y justamente alguien que decía amarlo, le había demostrado, sin querer, que todos, hasta él, poseemos esa tentación íntima, esa arrogancia oculta que, en determinadas circunstancias, nos coloca por encima de los demás, encantados de doblegar una voluntad que no nos pertenece. Quizás en aquellos momentos estas ideas no se le presentaran así, de manera tan clara, pero el germen de su pensamiento posterior había sido inoculado sin remedio (ahí estaba ya el virus latente, dispuesto a crecer y desarrollarse si las condiciones resultaban favorables). En esos breves destellos, entre los celos, la traición, el miedo adolescente, el regreso a la soledad y a la ausencia de compromisos, Ignacio se preguntaba hasta dónde uno es responsable de los otros, qué compromiso asumimos con las personas con quienes nos relacionamos, con quienes hablamos, a quienes vemos, oímos y tocamos. También supo que esa sensación que había experimentado al lado de Daniela, mientras ella lloraba y lo perdonaba por adelantado, se llamaba poder. Y descubrió que el poder siempre corrompe (y el poder absoluto corrompe absolutamente, pero Ignacio no sabía nada de teoría política). De repente se dio cuenta —antes no había tenido fuerzas para pensar en eso, como si la fuerza del episodio por sí mismo borrara toda necesidad de reflexión— que mientras se mantuvo en el interior del movimiento, y durante la represión, había sentido lo mismo que al lado de su insulsa novia, el mismo absurdo sentimiento frente a dos sucesos disparatados: el más relevante de la historia reciente del país y el nimio contacto de jóvenes inexpertos. Por fin, después de semanas en las cuales el silencio de los muertos lo había avasallado, encontraba una respuesta, un modo, irracional si se quiere, de reaccionar frente a aquel vacío: frente al mal. La exacta y profunda ambigüedad que experimenta cualquier individuo cuando es confrontado por el poder. Con Daniela él lo había ejercido, gozándolo y sufriéndolo, y durante la represión había sido una de sus víctimas, pero de cualquier modo lo había gozado y sufrido. Estaba claro: pese a la distancia inconmensurable entre ambos sucesos, un delgado hilo los unía y no los separaba sino una diferencia de magnitudes y de grados, pero siempre regresaba a una conclusión idéntica: el poder seduce, el poder es la tentación permanente de los hombres: es el mal de la tierra. Esta no era la única idea extravagante que rondaba la cabeza de Ignacio Santillán. Era como si su forma de ser —amable, introvertida, inteligente— se encontrase pulverizada en miles de contradicciones y pequeñas fallas difíciles de percibir por quienes no lo conocían bien. Tratándolo un poco más, hasta donde él lo permitía —no era brusco ni distante, sino abierto y expresivo, pero ello sin dejar de establecer un límite que no permitía traspasar a nadie—, podían distinguirse estas mínimas alteraciones, pensamientos obsesivos, supersticiones, fallas de la memoria y, en especial, un modo de establecer las conexiones entre los diversos sucesos que, decididamente, era poco común. Quien no se diera cuenta de la particular lógica de Ignacio era imposible que lo entendiera o pudiese acercarse a él. Un sistema de simpatías o antipatías incognoscibles animaba su particular universo. Un par de ejemplos bastarían para dar cuenta de las sutiles desviaciones de su mente (al menos en aquellos años): aunque no lo dijera, aunque nunca se hubiese atrevido a formularlo como una ley exacta, cercana a la física, y aunque se hubiese avergonzado o incluso ofuscado si alguien se hubiera atrevido a señalárselo, Ignacio creía a pie juntillas que el tiempo estaba dividido en unidades perfectas, los días y las noches, y cada uno de estos periodos conservaba características comunes e inevitables. Un día era o completamente bueno o completamente malo (para Ignacio, se entiende). El infeliz poseía una certeza profunda —e inevitable— de que cuanto le sucedía en un día, desde el amanecer hasta la puesta del sol, le era beneficioso o perjudicial, sin términos medios; como si librara una batalla contra númenes secretos, Ignacio calificaba sus días como blancos o negros, dibujando un mundo en el cual el tecnicolor estaba proscrito. Quién sabe por qué designio oracular esto ocurría así, pero no había forma de evitarlo. De este modo si, pongamos por caso, a las siete de la mañana se daba un golpe contra la puerta del baño, esa era una indicación suficiente de que lo que sucedería a partir de entonces. Nada de lo que hiciera a continuación podía evitarlo, y entonces no le quedaba otro remedio que ordenar sus actividades de acuerdo con esta nefanda profecía: evitaba compromisos importantes, inventaba excusas para no ver a sus mujeres y procuraba pasar desapercibido hasta volver a ser cobijado por la seguridad de la noche. En cambio, si al momento de despertar acudía al buzón y encontraba la carta de una vieja amiga que le escribía desde el extranjero, Ignacio sonreía no sólo por el interés que su amiga le demostraba, sino porque —oh fortuna— nada evitaría que tuviese un día espléndido. Hacía citas para todo el día, acordaba pequeños negocios, presentaba exámenes o hablaba con desconocidos dispuesto a saborear su diminuta y efímera felicidad. No siempre resultaba sencillo saber qué era bueno y qué no —a veces las consecuencias de algo que parece inmejorable pueden ser fatales, o a la inversa, se defendía—, pero este argumento le bastaba para dominar su racionalidad y acomodarse a la sinrazón de sus instintos. (Otra de sus reglas complementarias era que uno nunca podía sacar provecho indebido de un día ventajoso: nada de comprar billetes de lotería o de apostar a los caballos.) Cada acontecimiento, pues, conducía a otro, cada error a uno nuevo en el futuro y cada acierto a una nueva recompensa, como si el valor de sus actos se redoblara por azar. Un día bueno o malo tendría por necesidad su correspondencia en otro idéntico de la siguiente semana o del siguiente mes. Si un martes había hecho el amor con una rubia espléndida, lo más probable es que el martes siguiente fuese recompensado en su trabajo, o algo por el estilo; o, si el 17 de octubre se enteraba de la muerte de un amigo, era casi seguro que el 17 de diciembre permanecería en cama con fuerte dolor de muelas. Su sistema de correspondencias lo mantenía en permanente preocupación, buscando y clasificando los indicios favorables, persiguiendo los fastos, huyendo de las desgracias. Sin embargo, a veces prefería olvidar las cuentas y se entregaba al caos, como un matemático a quien de pronto le entra el irresistible deseo de orar en una mezquita: entonces se dejaba llevar, libremente, como quien hace una travesura. Otra de sus leyes: los hombres no son siempre los mismos. Cuando uno no es buen observador, por la inercia de la vida común, tiende a suponer que siempre somos idénticos, que hay adentro de nosotros una fuerza, una especie de campo gravitatorio, llamado personalidad, que nos mantiene siempre unidos e idénticos, sin importar el paso del tiempo, las circunstancias que nos rodean o las emociones que nos embargan. Pero, según él, esto era falso: en cada uno existen muchos y todos deberíamos llamarnos Legión. Este es el único modo de explicar la locura, las desviaciones, las explosiones y los cambios que hay en los seres humanos; cuando coinciden ciertos factores —ambientales, sensitivos, temporales— la gravedad se pierde y nos convertimos en otros. No existe un yo único, sólido e irrebatible: en nuestro interior conviven, a veces avasalladas por el poder de una sola, nuestras diversas posibilidades, diferentes alternativas de nuestros caracteres. Ignacio sabía muy bien que nunca somos los mismos por la mañana que por la noche, a la luz del sol que bajo el influjo siniestro de la luna y las estrellas. Por eso Ignacio Santillán le temía, fascinado, a la oscuridad. Porque en la noche somos otros, distintos de los que somos en el día, porque la noche transforma todo lo existente —la luz distorsiona y desenfoca, la noche vuelve idéntico lo diverso—, porque la noche es el reino del poder y del asombro, de la muerte y de los nacimientos, del frío y del mal.

No recuerdo por qué motivo Ignacio y yo nos distanciamos; no hubo ninguna pelea ni ninguna discusión —por más que nuestras diferencias intelectuales o vitales fuesen cada vez mayores—, sino más bien un alejamiento paulatino, una separación que parecía hecha a propósito para preservar, aun en la distancia, lo que habíamos vivido juntos, pues acaso ambos suponíamos que una cercanía mayor en aquellos agitados días (comenzaban las acciones de resistencia civil) sólo nos llevaría a un conflicto definitivo. Ignacio siguió asistiendo a las reuniones del movimiento, e incluso llegó a tomar la palabra en alguna de ellas —yo no estaba presente, pero supe que habló de uno de sus temas recurrentes: de cómo, a pesar de los ideales que nos unían, él temía que todos fuésemos seducidos por el poder y sus tinieblas—, mereciendo un interminable abucheo, pero en realidad era como si se tratase sólo de una etapa de transición, su mente a punto de dedicarse a otros asuntos. Por el contrario, esa fue mi época de mayor compromiso democrático: dedicaba todas mis horas a hacer propaganda y a repartirla —la soledad civil al poder—, organizando reuniones y mítines, y la ausencia de Ignacio ni siquiera me pareció extraña. Ocupado como estaba, no tuve oportunidad de conocer sus nuevos amigos ni de constatar la transformación que se producía en él. Terminamos la escuela y este hecho, celebrado en mi casa con una botella de whisky (una extemporánea reunión que habría de convertirse en la última), marcó nuestra separación definitiva: yo dejé los estudios y comencé a trabajar en *La Jornada* mientras él se inscribió en la Facultad de Arquitectura y comenzó a asistir a cursos de cine —¡de cine!— en el CUEC. Muy pocas noticias tuve de Ignacio Santillán a partir de entonces: supe por Daniela, con la cual él hablaba por teléfono de vez en cuando, que su interés por el cine se hacía cada vez mayor, no un simple capricho de momento, y que casi centraba su vida en él: todos sus nuevos compañeros pertenecían a ese ambiente y él mismo pensaba llegar a dirigir una película. Años más tarde me enteré de que había abandonado la Facultad y poco después también la escuela de cine y, por último, que se había ido de viaje (a Sonora y Arizona, oí decir) con una tal Eugenia, actriz y cantante. Después, nada. Ahora que lo pienso, tantos años después, incluso me parecen lógicas y razonables, propias de su carácter, las nuevas actividades a las que Ignacio se había entregado (o quizá sea que poseo muy pocos datos y aún no encuentro otros que me contradigan). Su interés por el cine es lo más evidente, como si su pasión por las novelas y por la visión —y la ceguera— se hubiesen conjuntado: ahora podía interesarse en las historias y anécdotas que siempre le fascinaron, y al mismo tiempo podía combinarlas y entretejerlas con los colores y las sombras del cine: ese espacio oscuro, nocturno, en el que todos nos asimilamos e identificamos con la oscuridad para observar juntos, como en un sueño colectivo que nos unifica y nos anula, las ficciones que la luz inventa ante nosotros (efecto primigenio que no logran la televisión ni los videos). Y también comprendo que, una vez asimilados la técnica y los artificios de las películas, las trampas y trucos y fulgores, Ignacio haya sido vencido por el mismo desinterés, la misma apatía que siempre lo vencían, adormeciéndolo y sustrayéndolo, como si durmiese, al reino del mundo. Su supuesto viaje al desierto (no puedo asegurar que haya ocurrido) era el reverso de su inmersión en la oscuridad fílmica: el sol intenso e inabarcable como contraparte de las salas de cine, un espacio abierto y enorme en el cual las sombras eran mínimas, y la luz todo lo invadía; y de nuevo las paradojas: en la noche de las ficciones cinematográficas se encontraba la vida, mientras que la luz abyecta y permanente del desierto era la causa de la aridez —la vigilia— y la muerte. Luego, el silencio. Ignacio se esfumó sin que Daniela o yo volviésemos a tener noticias de él; de vez en cuando preguntábamos a alguno de nuestros compañeros de esa época si habían sabido algo de él, pero la respuesta era invariablemente negativa. Nadie conocía su paradero, qué había pasado con él cuando regresó al país (si había regresado), a qué se dedicaba o dónde vivía. Era un misterio que, como todo misterio, nos inquietó durante algunos meses hasta que se nos fue olvidando, hasta que el nombre de Ignacio Santillán se perdió en los abismos de nuestras mentes y sus sílabas, antes pronunciadas a menudo, se convirtieron en sonidos extravagantes y ajenos. A lo largo de esos años, de esos años que lo alejaron de mí, debió incubarse o desarrollarse el germen de su muerte futura, las causas de su horrible destino (de su mala suerte o infortunio), y yo ni volví a pensar en él: al menos para mí, permaneció oculto, sumergido en los meandros de la noche.

Cien veces se ha repetido que las vidas de las personas son ríos que se entrecruzan, madejas con nudos invisibles —coincidencias—, y de ellas nosotros sólo advertimos unos cuantos paralelismos, repeticiones y sombras (carecemos de originalidad), como si fuésemos variaciones de un mismo tema, distorsiones o deslices de un patrón general, de una red que nos une a los otros (a la naturaleza humana acaso), de un destino que nos hace parte del destino de los otros. Si tan sólo fuéramos capaces de *ver*, de advertir esos mínimos lazos que nos aproximan, de rastrear las coyunturas, los encuentros y desencuentros, las mil posibilidades que desechamos a diario, o si lográsemos atrapar los instantes, orgullosos o funestos, que anuncian nuestra voluntad o el deseo inconsciente —el azar, la mala suerte o el infortunio— que nos une con alguien preciso en medio de la multitud de seres incógnitos y anónimos que nos circunda... Pero somos demasiado ciegos y sordos, demasiado torpes tal vez, para mirarnos con imparcialidad y reconocer el peso de nuestras acciones: necias criaturas que se consideran distintas en un mundo vano. El deseo de ser siempre diferentes, con personalidades, caracteres y emociones propios, nos condena a una densa soledad. Por eso nos sorprenden tanto las coincidencias (cuando de ellas está hecha la madeja que nos sostiene): no estamos acostumbrados a pensar que somos parte de la trama ni que invisibles vínculos nos obligan a descubrirnos y perdernos sin tregua. Así, es probable que Alberto Navarro e Ignacio Santillán no nacieran el mismo día a la misma hora —efecto espectacular aunque a fin de cuentas menor en el transcurso de su historia—, pero su muerte casi simultánea no era el único dato que los emparentaba, en contra de lo que afirmó Rodríguez Piña. Pese al abismo cultural y económico que los separaba (lo exterior: lo que todos ven), en realidad sus vidas fueron como hilos entretejidos: fantasmas o negativos, imágenes invertidas que terminaron por asimilarse en la comunión de aquel sórdido cuarto de motel. Alberto Navarro Vallarta (la única ventaja de ser un hombre público es que la vida íntima y el pasado también se vuelven públicos), hijo de Javier Navarro Félix, médico, y de Norma Vallarta Anzures, historiadora, segundo de cuatro hermanos —tomo los datos del *Diccionario biográfico del Gobierno Mexicano*—, pertenecía a una familia de clase media, relativamente estable, que jamás se interesó por la política. El padre trabajó hasta su retiro en un hospital privado, mientras la madre dedicó toda la vida, y hasta la fecha, a dar clases en la Facultad de Filosofía y Letras de la Universidad Nacional. (Y he aquí, de paso, la primera coincidencia: la maestra Vallarta, invitada por el Centro Universitario de Estudios Cinematográficos a impartir un curso de historia del siglo xx, dio clases a un alumno con "inscripción condicionada" —así reza el expediente—: Ignacio Santillán.) De la infancia de Alberto se tienen pocos datos: como en la niñez no hay gestos heroicos, son años que tienden a ser despreciados por la historiografía oficial. En las innumerables entrevistas realizadas concedidas por sus padres y hermanos, éstos dijeron que era un niño "despierto e inteligente", "ávido lector desde pequeño", "gran hijo y gran patriota", "estudiante aplicado, que siempre obtuvo las notas más altas". Todo esto puede ser cierto, pero oculta otras facetas de Alberto Navarro, recordadas sólo por sus amigos de entonces: su carácter voluble, sus desfallecimientos, acaso provocados por la hemofilia que padecía, y su propensión a cambiar de periodos de silencio y meditación a otros de euforia y verbosidad constante. "Uno nunca tiene el mismo estado de ánimo siempre", me dijo su hermano Miguel, siete años mayor que Alberto, justificando su ciclotimia. "Mis padres lo protegían mucho, casi diría excesivamente. No lo dejaban salir a la calle si no estaba forrado con tres suéteres, chamarra y bufanda, y era imposible que asistiese a la escuela si hacía mal tiempo o llovía [...]. Sí, era el preferido (o eso pensábamos los demás hermanos): los cuidados que le procuraban nos parecían excesivos (igual que a él), pero papá nos decía que debíamos comprenderlo, que Alberto era especial, y que por eso necesitaba un trato diferente." *Especial*: ésta es la palabra que mejor lo definiría, no conozco a nadie que lo haya conocido y que no haya pensado eso de él, y no sólo por su enfermedad, sino porque siempre se preocupaba por los demás. Como si la sobreprotección hubiese construido en él un mecanismo similar, dedicaba gran parte de su tiempo a escuchar a los otros. Algunos lo llamaban el Psicólogo: fuesen sus amigos y amigas de la secundaria, o sus compañeros de trabajo o, luego, la gente involucrada en el movimiento, todos acudían a él para desahogar sus penas; su trato era franco, y tenía una sencillez abrumadora. Según otros testimonios, al margen de esta supuesta bonhomía, Alberto parecía siempre atormentado ("cargaba un peso muy grande", me dijo una amiga suya). A veces se encerraba durante horas en su cuarto y no salía a comer ni a cenar y nadie sabía lo que el muchacho hacía ahí adentro. Desde entonces adquirió la facha que lo caracterizaría: flaco hasta los huesos y de gran estatura (uno ochenta y ocho), de ojeras azulosas y labios rojísimos, el pelo castaño y alborotado, las cejas juntas y los zapatos sin bolear. Le pregunto a su hermana Sofía (dos años mayor): ¿alguna rareza, algo extraño en su proceder de entonces? Ella reflexiona un poco, como si no quisiese acordarse: "Sí, sus encierros. Una vez Martha y yo decidimos espiarlo —imaginábamos que se masturbaba—, ¿se imagina?, su recámara estaba en el segundo piso, pero tenía una gran ventana que daba al patio, así que colocamos una escalera sobre una mesa y nos trepamos; a mí me dio miedo la altura, pero Martha pudo verlo, sólo por un minuto, porque yo hice un movimiento brusco que hizo tambalear la escalera, y entonces Martha dio un grito, a punto de caerse. Cuando Alberto nos encontró ahí, con nuestras posturas ridículas y nuestras caras de ingenuas, pensamos que iba a matarnos, pero no hizo nada: simplemente cerró las cortinas y salió como si nada, como si no hubiésemos alcanzado a mirarlo). Pero Martha sí lo vio: Alberto estaba encima de la cama, concentrado en revisar y clasificar cosas sobre láminas de papel y plástico. A Martha le costó trabajo comprender qué era: una colección, aunque no de estampas o de sellos o de los objetos que normalmente atesoran los niños de su edad, no, usted ni se imagina de qué, ¿verdad?, pues de insectos, decenas y decenas de insectos que Alberto clavaba con pequeños alfileres en grandes planchas de corcho (no, más bien de plástico). Ese día no dijimos nada, pero a la noche siguiente, cuando Alberto no estaba en su cuarto, subimos a buscar su extraña colección: en la cómoda, debajo de piyamas y ropa interior, estaba su escondite. Martha estuvo a punto de vomitar: miles de patitas muertas, de cuerpos extraños, cucarachas y escarabajos, arañas y grillos y moscas (casi no había mariposas), clasificados con esmero: leíamos los incomprensibles nombres en latín, pegados bajo cada ejemplar en etiquetitas rojas. Los animalitos eran a la vez tétricos y hermosos. Embebidas, no lo oímos llegar. Nos sacó a golpes de su habitación mientras algunas láminas caían al suelo y dejaban restos de sus insectos regados en la alfombra y entre las colchas. Nos hizo prometer que no le diríamos nada a nuestra madre y no volvimos a saber nada de su colección, aunque Martha asegura que hace poco (ya era ministro), platicando con él, se enteró de que no la había olvidado, sino enriquecido a lo largo de los años, y la conservaba —todo un entomólogo— en alguna parte de su casa de Tepoztlán". Otros testigos coinciden en que Alberto no era un niño introvertido ni callado, mucho menos ermitaño: su enfermedad lo obligaba a permanecer en casa mucho tiempo, pero ello no implicaba que ese fuese su medio o que le tuviese temor a la gente. En sexto de primaria fue nombrado presidente de la clase (una confirmación de su popularidad); los otros niños lo respetaban —en alguna época llegaron a apodarle el Sabio— y, poco a poco, si bien con esfuerzo, logró convertirse en la conciencia de sus compañeros, quienes ansiaban oír sus opiniones sobre cualquier tema. Era una especie de árbitro, alguien encargado, desde entonces, de dirimir controversias. Al año siguiente (primero de secundaria), participó en un certamen de oratoria y obtuvo el quinto sitio; asimismo, envió al premio de cuento de la escuela ocho textos, firmados con seudónimos diferentes, tratando de superar la legendaria hazaña que Alfredo del Villar (entonces sólo escritor y todavía no presidente) había obtenido durante sus años en esa escuela al ganar los tres primeros lugares de ese mismo concurso. Alberto (qué lástima) obtuvo, en efecto, premios para sus ocho ficciones, aunque no los que esperaba: del segundo al noveno. Sin embargo, la anécdota revela la veta orgullosa y altanera escondida detrás de su fachada "siempre amable" (así lo definía uno de sus amigos de la época). Ese mismo amigo recuerda: "Nunca se enojaba, era un modelo de ecuanimidad y buen trato, de inteligencia y afecto. Todos lo queríamos y respetábamos (jamás se escuchó en esa época a nadie hablando mal de él), su sonrisa y sus modales circunspectos invitaban siempre al diálogo y a la paz". No me empeño en contrastar su imagen exterior con una oscuridad interna que anuncie su futuro, pero debo agregar otros testimonios para enriquecer este débil retrato de Alberto Navarro. M. M., compañero suyo y posteriormente su competidor en las elecciones para la presidencia de la Sociedad de Alumnos de la Facultad de Derecho (por lo que hay que matizar sus opiniones), añade: "Es cierto, Beto era el eterno hombre bueno: amable y educado, inteligente y culto, incluso atractivo para la época. Pero, pese a ser míster popularidad, nadie lo conocía realmente (y creo que esto no mejoró con los años); su bonhomía y su facilidad de trato eran una barrera que interponía entre su persona y los demás: su calidez era hacia afuera, no hacia adentro. No permitía que nadie se le acercara (ni siquiera sus novias), que nadie conociera sus secretos; nunca hablaba de sí mismo o lo hacía en términos muy generales, saliendo inteligentemente del paso sin comprometerse, haciendo lo que nunca dejó de hacer: quedar bien con todos. Como si su única convicción auténtica fuese ser querido, agradar, no tener problemas. Era un camaleón —le decíamos Zelig, por la película de Woody Allen—, que se acoplaba y adaptaba a cualquier circunstancia, cambiando de opiniones y pareceres de acuerdo con las personas que tenía al lado (eso lo ayudó mucho para su carrera política, como usted comprenderá). A mí me resultaba difícil tolerarlo: era como si por dentro no hiciese otra cosa que clasificar a la gente, dividirla en categorías mentales que él creaba mientras reía o hacía chistes o se dejaba mimar por quienes no veían más allá de sus narices. Creo que nunca nadie llegó a conocerlo". Cuando Alberto llegó a la preparatoria ya era una especie de ídolo, o al menos alguien de quien se hablaba en los pasillos: su nombre era repetido por muchos labios, de hombres y mujeres, quienes lo veían, es cierto, como un ser extravagante, pero también con la admiración y el respeto (y en muchos casos, la envidia) que se siente hacia quien sobresale. Alberto, pese a su carácter distante, supo aprovechar al máximo su afabilidad: se reunía con grupos de todo tipo, era popular en ambientes dispares, que no tenían otra cosa en común que su amistad, y se codeaba con sus compañeros sin distingos, de modo que cuando, un poco tardíamente, comenzó a interesarse por la lucha democrática, ya tenía el camino trazado para convertirse en líder indiscutible de uno de los grupos más activos durante las movilizaciones. ¿Qué otra cosa definía al Alberto Navarro de entonces?

El ajedrez. Lucho Cruz, uno de sus asiduos rivales de entonces, sostiene: "Beto nunca parecía apasionarse. Todos sabíamos que le fascinaba jugar (y ganar), pero él nunca lo decía explícitamente: 'sólo me divierto', afirmaba, o llegaba a hacer comentarios sarcásticos sobre sus errores cuando perdía. Pero cualquiera que lo viese jugar, que conociese las trampas y artilugios del ajedrez, sabría que no era así, su estrategia no era la de un principiante ni la de un novato, al contrario: inventaba celadas y ataques camuflados, arduas y elaboradas combinaciones que, aunque no siempre resultaban exitosas, demostraban su verdadero deseo: no sólo ganar, sino ganar apabullantemente, poniendo en evidencia las debilidades y miserias de su contrincante (su menor inteligencia, para decirlo con claridad). Así, cuando perdía no tenía motivo para sentirse mal: si su arriesgada estrategia había fallado, era por exceso de brillantez, no por la superioridad de su rival [...]. Hacía lo mismo al discutir: demostrar y demostrarse que era mejor —siempre mejor— que los demás".

Cuando comenzó el movimiento democrático —las preparatorias y las universidades ardían, eran los principales focos de la resistencia civil—, Alberto tomó las riendas de su escuela: convocó asambleas y reuniones, diseñó la propaganda y organizó las brigadas de "lucha ciudadana", y su fama pronto rebasó las fronteras de su escuela. Pero, mientras una de sus colaboradoras de entonces, Angélica Sucedo, lo recuerda como un "líder nato, el más carismático y noble que he conocido", hay quienes afirman que, como en el ajedrez, su estrategia consistía en convertir a sus amigos en las distintas piezas del tablero, tras haberlos clasificado como peones o alfiles o torres, y no le importaba a quién sacrificar si al final obtenía la victoria. Resulta muy difícil ahora, tantos años después y bajo el peso de los acontecimientos posteriores, comprender el desarrollo de la política estudiantil de entonces. Cuando vi a Alberto Navarro por primera vez, en una de las reuniones previas al movimiento, era ya una celebridad en medio de los rostros anónimos entre los que yo me encontraba (y entre los que acaso se encontraba también, concentrado en alguno de sus libros, Ignacio Santillán).

Cuando sucede un hecho espantoso, que se forja como noticia y corre de boca en boca y de gesto en gesto —todos vemos la misma televisión—, lo dicho de pronto se vuelve autónomo, como si ya apenas tuviera una relación endeble con la realidad que lo motivó: palabras repetidas infinitamente, variaciones sutiles que provocan imágenes diferentes en cada cabeza, versiones renovadas en una espiral que lanza a una pobre inmortalidad —la moda— cuanto acaece en el mundo. Y entonces parece que las cosas nunca ocurren, que todo es parte de un teatro de la imaginación y de la publicidad y de los medios, y que nada es comprobable ni cierto; por diversas razones, periodistas o investigadores o meros curiosos buscan recobrar el acontecimiento liminar y se dan cuenta, desfavorecidos, de que éste ya no existe, que ha sido ocultado por la infinidad de sombras superpuestas, que la verdad es incognoscible y cualquier esfuerzo por retenerla no es sino una nueva y desconcertante versión que se adhiere a las anteriores. El universo se desmorona: sólo queda su recuerdo, y ni siquiera podemos comprobar la fidelidad de nuestra memoria (basta compararla con la de los demás testigos para dar cuenta de la nula fiabilidad de nuestras convicciones). Las voces van y vienen, adquieren tonos cambiantes, se contradicen —nunca se escuchan entre sí— hasta lograr una convicción colectiva, el máximo atentado del rumor: lo que se sabe, queda y permanece, quizá sin motivo, es lo que conocemos como Historia. De este modo, los medios pronto demostraron lo que les convenía: que los autores materiales o intelectuales del doble homicidio del ministro de Justicia y de Ignacio Santillán eran miembros del clandestino FPLN: a nadie más le beneficiaría la desaparición del funcionario, nadie más tendría interés en privar de la vida, de modo tan atroz, a un servidor público tan ejemplar. Pero, aunque el FPLN no reivindicó el atentado (en uno de esos escalofriantes comunicados que ya en nada recuerdan a los de sus predecesores selváticos), lo cierto es que la opinión pública se decantó también por esta hipótesis, lo cual permitió que el gobierno, a través del fiscal general, reconociese, para beneplácito de muchos, que las investigaciones seguían abiertas y que no se descartaba ninguna posibilidad sobre la autoría del espantoso crimen, incluyendo, pues, al FPLN. Por si fuera poco, el fiscal anunció que el grupo especial antimotines —que no había sido empleado nunca durante la gestión del presidente Del Villar—volvería a ser llamado a filas. La noticia, que en otro momento hubiera causado un fuerte impacto en la opinión pública (ese monstruo de mil cabezas y ningún cerebro), que hubiese desatado marchas y protestas de los distintos grupos y organizaciones no gubernamentales de derechos humanos (que ahora tenían miembros incrustados en todas las áreas del gobierno, incluyendo la Fiscalía General), pasó en cambio desapercibida. El horror y la indignación y, un poco la indiferencia, desactivaron los temores frente a uno de los órganos del Estado más temidos (en el pasado reciente), pues a todas luces resultaba necesario prevenir otras muertes semejantes, descubrir las causas del doble homicidio y los secretos del asesino o asesinos: atrapar a los demonios que habían quedado sueltos, desentrañar las razones de la sangre, de los miembros mutilados, de la tortura y del pánico, y explicar al fin la existencia de dos cadáveres (uno ilustre, el otro no tanto) en aquel célebre cuarto de motel. Mientras tanto, las declaraciones se amontonaban unas sobre otras: decenas de frases, sílabas, letras repetidas hasta el cansancio, voces inexpresivas que exigían venganzas y castigo. Los funerales de Alberto Navarro fueron vistos como una lucha desesperada contra su muerte indescifrable, el vano intento por reparar lo irreparable, por devolver su carácter humano a un cuerpo exangüe (el caso de Ignacio Santillán era aún peor), la voluntad oficial de reintegrarlo a la sociedad que aún sufría, aterrada, ante aquella muerte que lo inmortalizaba. Para borrar las muecas del dolor y la sangre, y el rictus macabro de su rostro, los embalsamadores ocultaron las huellas del crimen, decididos a devolverle al ministro de Justicia su condición de cadáver común, de muerto idéntico a tantos muertos que, gracias al maquillaje y a las costuras bien hechas, y a los líquidos y humores para preservarlo, permanecen como réplicas de sus dueños para beneplácito de los pocos que, por morbo o desesperación o costumbre —la esposa que insiste en besarlo por última vez, el niño temeroso obligado a despedirse, el enemigo que comprueba la desaparición de su rival— se asoman al féretro que les sirve como último refugio. Semejante a un muñeco, casi un payaso por el exceso de rubor en su piel blanca (la humillación que padecen los muertos para complacer el desánimo de los que se quedan), con las cicatrices ocultas bajo un impecable traje inglés, el cuerpo de Alberto Navarro, ministro de Justicia (el presidente Del Villar esperó cinco días antes de nombrar a su sucesor: Óscar Sámano), fue velado "en un conocido lugar en la calle de Félix Cuevas", donde recibió la visita de cientos de amigos y curiosos, funcionarios, diplomáticos y dirigentes de todas las corrientes políticas (aun de quienes lo odiaban), para darle el último adiós, escribir su nombre en el libro de visitas y aparecer unos segundos en televisión, en medio del llanto sincero de la esposa, María Bracamontes, y de las dos hijas, Paola y Magdalena (trece y diez años), y del llanto y las condolencias forzadas de todos los demás. Al mediodía hizo su aparición en el cementerio el anciano presidente Del Villar, con todo su gabinete, y se sumó a la guardia de honor al lado de la viuda y de Martín Senescal, el mejor amigo del occiso; luego todos los funcionarios, los *Del Villar's boys*, como les llamaba la prensa, se turnaron ante las esquinas del ataúd, luciendo sus mejores rasgos de pena, enfundados en sus corbatas (italianas) y trajes (ingleses), comprados expresamente para la ocasión.

La televisión se encargó de transmitir en vivo la amargura y las condolencias y luego, mientras los conductores de los diversos canales, engolando la voz para sonar lúgubres y marciales, narraban los acontecimientos (un deporte turbio y morboso), las cámaras siguieron de cerca la procesión que llevó el cadáver del ministro hasta el Cementerio Inglés (el mismo, oh paradoja, en que se encontró la cabeza de Ignacio Santillán), donde sería finalmente enterrado, tratando de devolverlo a la tierra y al silencio: inútil paso después de la terrible muerte que lo volvió, a su pesar, inmortal. Al contrario de los entierros típicos, esos días lluviosos y turbios que sólo aparecen en el cine y las telenovelas, el día obsequió a Alberto Navarro con un sol espléndido y un calor agobiante, como no se había sentido en varias semanas, como si alguien quisiera calcinar sus restos, incinerarlos en contra de la voluntad de la esposa —acrecentar su disolución— y de paso hervir a los invitados en sus vestidos negros y trajes negros, arrancándoles un sudor más real que sus lágrimas, un dolor y un desmayo que suplieran a la simulación y a la mentira. El sacerdote obeso y calvo ofició la última despedida ante el mausoleo familiar de los Navarro, una mole de pesado mármol blanco, con una estatua de la virgen de rodillas al frente y las inscripciones con los nombres y las fechas de los abuelos o los tíos o primos del nuevo residente, y la placa recién cincelada con su nombre y sus fechas de nacimiento y muerte: el único resumen que todos merecemos. Yo también estaba ahí, agazapado (tampoco en este caso había recibido invitación), cubriéndome del sol bajo el alero de una capilla, sintiéndome intruso en una historia que, sin yo quererlo, me pertenecía cada vez más, tomando notas y apuntes —que ahora reviso y redacto—, tratando de comprender el cúmulo de relaciones que me hacían olvidar mi trabajo y me mantenían ahí, siguiendo una trama que me había sido impuesta por voluntad del otro muerto, como si yo fuese la prolongación de Ignacio Santillán en la Tierra (miserable Cid), y tuviese la misión de volver a unir su destino con el del ministro de Justicia, su hermano entre los muertos.

Creo, entonces, que no me queda otro remedio que hablar de mí. Mi nombre, ya lo he dicho en alguna parte, es Agustín Oropeza y soy reportero de *Tribuna del escándalo*. Curioso: ni siquiera ahora, trece años después de haber llegado a este infame tabloide, me reconozco como otro de los miembros de su ejército. Mi profesión es el amarillismo. Peor: es mi vida. Mis amigos de la infancia (los pocos que me quedan) aún no creen que haya terminado en un trabajo como este. De joven quería ser escritor —*El empalador*, aquella novela de vampiros que le enseñé a Ignacio Santillán, fue mi único intento más o menos serio—, pero pronto la política me hizo abandonar esas expectativas: el movimiento democrático se desarrollaba en pleno y yo no pude sustraerme a su encanto. Entonces era el más comprometido de quienes participaban en la *lucha*; estaba convencido de que la hora del cambio había llegado y no tuve empacho en demostrarlo por medio de decenas de articulitos y ensayos publicados en cuanta hoja clandestina, diario oposicionista o periódico mural me cedía un espacio. Luego, cuando el movimiento ganó fuerza, me consagré a la edición de nuestra propia revista: un folletín distribuido de mano en mano en el que prácticamente yo escribía todas las colaboraciones (los demás estaban demasiado ocupados en la acción directa). En esa época conocí a Daniela. Nos casamos —gracias a la pequeña Mónica, llegada al mundo en el momento menos deseado y pensado—, cuando yo tenía veintitrés años y ella veintidós y fuimos infelices juntos durante tres años hasta que decidimos gozar por separado de esa misma infelicidad. Pero no es lo mismo ser activista cuando se es un estudiante alocado y entusiasta, enfermo de democracia y de riesgos, que cuando se es un hombre casado, un padre (el peor de los pecados), aunque esta nueva condición no haya sido voluntaria. Primero conseguí empleo en una empresa de publicidad (dos meses, hasta que me despidieron por no abandonar mis actividades clandestinas), más tarde fui corrector de pruebas de la sección deportiva de un diario de Naucalpan (pero era horrible desplazarse hasta Naucalpan todos los días) y, por fin, casi por error —recibí una llamada de mi hermana diciéndome que un amigo suyo trabajaba en la sección de avisos de un "gran periódico"—, acabé en *Tribuna del escándalo*, donde no pensé durar más de dos semanas y en el cual llevo ya, perfectamente acoplado, estos malditos trece años. Trece años de muertes, monstruos, horrores auténticos e inventados, tragedias grotescas, comedias infames, hipérboles continuas y exageraciones sin límite que conforman la *otra realidad* que, semana con semana, les damos a nuestros ávidos y cada vez más numerosos lectores: desde entonces el tiraje ha aumentado de tres mil a un millón y medio de ejemplares. Mi intención era permanecer aquí sólo el tiempo suficiente para ahorrar un poco, mantener contacto con otros medios, convertirme en reportero político y luego en editorialista, acaso publicar un libro: el porvenir no lucía tan negro comparado con el de muchos de mis amigos desempleados. Yo era entonces una especie de ídolo y sólo necesitaba un poco de suerte para iniciar una carrera brillante. Pero no ocurrió así. La rutina del amarillismo —mi vida— se volvió una inercia invencible: el morbo vence y carcome, te habita como una bacteria de la cual no puedes librarte nunca, es una enfermedad virulenta y progresiva, un mal —pero ni siquiera el Mal, sino un mal menor, insulso— del que resulta imposible sustraerte, hasta que te das cuenta de que también formas parte de él, de que también tú eres uno de sus instrumentos; entonces descubres, con más resignación que tristeza, que el mejor artículo de *Tribuna del escándalo* debería narrar el caso de un periodista que ha trabajado durante trece años, diligente, hábilmente, por propia voluntad, en *Tribuna del escándalo*. Porque el tabloide se convirtió en algo más que una fuente de ingresos —el salario, para colmo, no ha sido nunca muy alto—: en la metáfora perfecta de mí mismo. Como periodista, como reportero, hubiese tenido que reinventar el mundo —no falsearlo—, descubrir sus casos más abyectos, la maldad y la estupidez y el infortunio humanos, y reproducirlos en versiones que rayaran en la comicidad o, al menos, en un tono que, sin eliminar la violencia y el horror, resultase digerible para ser leído en el desayuno sin volver el estómago: sangre y humores y asesinatos y deformaciones light, la desgracia trivializada, despersonalizada. En vez de ese trabajo de maquillista, yo me decanté por lo contrario: por exagerar hasta el límite las desgracias, por deformar hasta la podredumbre cualquier pelea doméstica, por inventar una monstruosidad en cada miseria; mi labor, una labor que podía ser la de cualquiera, no consistía en aligerar algunos aspectos de la realidad, sino en crear el pánico y el asco que se consumen por millones cada día. No buscaba la noticia, sino el *efecto*. Durante trece años me he dedicado a transformar cuanto he tocado, como un Midas empobrecido, en mierda: en escándalo. Después de tanto tiempo de realizar una tarea semejante, ¿cómo pretender ahora ser objetivo y perseguir los actos y las causas y las conductas perdidas, y cómo obstinarme en descubrir, de pronto, la maldita verdad?

En esos mismos días llegó a mis manos un material destinado a convertirse en la nota más importante —y escandalosa— publicada en *Tribuna del escándalo* en semanas: justo el tipo de noticia que sería leída con el morbo necesario —ediciones agotadas— para escapar de la quiebra (por más que el tema sea trivial y vano en contraste con la tragedia de Ignacio Santillán y el ministro de Justicia) y desatar un revuelo en el mundo del espectáculo y de la prensa, con su alud de reacciones violentas y enloquecidas. Y sin embargo decidí no publicarlo. Por una puta vez decidí callarme (lo que nunca hace un periodista, y menos uno de mi estilo), oculté lo que sabía y las pruebas que guardaba y tenía frente a mí. El catálogo había sido robado por Martín Legorreta, uno de los mejores y más sutiles informantes de esta urbe entregada al caos y era la prueba fehaciente de que en efecto existía este servicio a domicilio del que tanto se hablaba *sottovoce* —esta terapia, esta inmundicia—, y que contaba con la estrategia mercadotécnica para convertirse en una boyante empresa, un emporio manejado desde los centros mismos del poder comunicativo. Pero el escándalo no radicaba en su condición de prostitución posmoderna, arte o vicio o necesidad inextinguible por los siglos de los siglos, sino en las relaciones de poder que revelaba, en el juego sutil provocado por su naturaleza dual —diabólica— y en la magnitud de la mentira que lo camuflaba: de nuevo la distancia infranqueable entre lo que se ve a la luz del día y lo que se esconde en la noche; cuerpos divididos, almas separadas que sólo por azar convivían en apariencias similares, monstruos bípedos con personalidades dobles o triples o múltiples, acaso seres inexistentes o con una azarosa existencia que comienza al amanecer y acaba con la puesta del sol. Los primeros rostros que reconocí fueron los de Tamara y Alondra de Miguel, quizá porque los había visto muchas veces, aunque en situaciones que en nada se parecían a esta, o porque sus rasgos de niñas contrastaban demasiado con las formas de sus cuerpos (de niñas embarnecidas, maduradas), o simplemente porque la publicidad había funcionado y al mirarlas, aun cuando odiara sus melodías, en mi mente no dejaba de sonar el ritmo de "Este es mi corazón" o "Dame más, más de tu alma". Boquitas con discretas sombras rosadas, rubor incipiente, cabello suelto el de una, hasta los hombros, en una especie de colita por encima de su oreja derecha en el de la otra, los ojillos a la vez tiernos e incitantes, entrecerrados, como los de las muñecas Barbie que anuncian en la televisión: sus modelos, sus imágenes. En cambio, por la fuerza de la costumbre y el tedio que sufro frente a las pantallas de televisión, jamás hubiese pensado que debajo de las falditas y las blusitas sin mangas con que aparecen cantando (es un decir) y bailando (brincando, diría yo), existiesen las pieles que ahora contemplo, las curvas y las líneas desnudas, como si fuese una enorme sorpresa que esas niñas artificiales pudiesen tener pezones y vello púbico —deliciosos pezones erguidos cuyo tono contrastaba con la palidez de sus cuerpos y marañas negruzcas entre sus piernas semiabiertas que en nada recordaban el color rubio y platino de sus cabellos revueltos y despeinados después del *Baile de la hormiga* o de animar a los participantes en algún programa de concurso—, que no sólo fuesen arquetipos de la bondad y la simpatía, los emblemas del nuevo régimen, sino que también, por lo visto, tuviesen deseos —o al menos fuesen capaces de aparentarlos— y evidentes ansias de satisfacerlos. ¡Era cierto! La suave y dulce Tamara, el ídolo de millones (de veras millones) de niños y niñas en toda América Latina (mi hija incluida), de apenas, ¿cuánto?, trece años, con su voz aflautada y sus gritos al cantar o al gritar "upa y arriba, hasta la salida" cada sábado a las ocho de la noche en su popular programa de concurso, fuese sólo esa Tamara por el día (cuando *todos* la vemos) y en cambio, por la noche (cuando sólo *algunos* pueden verla) fuese otra, o al menos desarrollara otra parte de su personalidad, como si un demonio la invadiera, convirtiéndola en la imagen infantil y atrozmente sensual que yo ahora contemplaba. Las demás fotos resultaban peores, y no es que alguien como yo, un trabajador de *Tribuna del escándalo*, se escandalizase con facilidad, pero no dejaba de resultar ácido el contraste entre mis vagos recuerdos del grupo Niñerías y sus malos chistes en la televisión, y por el otro contemplar a sus integrantes, hombres y mujeres (niños y niñas), desnudos, en las posiciones más violentas, abrazados como compañeros de escuela o sentados en dos filas como si se tratase de un excéntrico equipo de futbol, pero donde los rostros de las mujercitas (trece, catorce años) chocaban con los sexos apenas adolescentes (catorce, quince) de los jovencitos, o donde las nalgas puntiagudas de una de las niñas —creo que se llama o se hace llamar Miranda, la de ojos azules— son bordeadas por la mano inocente (aunque no alcanzan a verse algunos dedos) de otro de los miembros de la banda —éste no sé quién es: uno siempre se acuerda de los nombres femeninos—, o donde la boca de otro de los muchachos descansa en el pezón apenas incipiente de una de las chicas. Era a la vez excitante y lastimoso ver a las actrices y actores jóvenes —ésta parecía ser la única condición del catálogo, nadie pasaba de los dieciocho—, estrellas o ídolos de las telenovelas de moda, y a las animadoras y edecanes de los programas de concursos infantiles (su gusto por los impúberes quedaba demostrado), y a las cantantes y baladistas del momento, todos sin ropa, exhibiéndose, vendiéndose al mejor postor, rentándose para satisfacer a hombres ricos de "gustos no convencionales". Aunque acaso lo más degradante fuesen las leyendas que acompañaban a las imágenes, los pies de foto llenos de desgastadas frases publicitarias que ahí adquirían una connotación renovada: "Anita y Marilú, una pareja de lujo para una noche inolvidable", o "Alcance el éxtasis con Pingüica", o "Fabrizio: un ángel para su insomnio", seguidos de sus correspondientes precios, afianzados en la solidez del libre mercado —a mayor popularidad mayor costo—, que iban desde los modestos cincuenta mil pesos ("Juancho, de apenas trece años, será la estrella del futuro") hasta cotizaciones que llegaban a veinte o treinta veces esa cifra (las más cotizadas eran, en efecto, Tamara, Alondra de Miguel, la modelo que anuncia el yogur Natural e, inexplicablemente, la niña jorobadita que protagoniza *Farallón*). El catálogo es repartido por mensajería y bajo estrictas medidas de seguridad en el interior de carpetas negras que en la portada, con letras doradas, dicen *Información política y financiera*, o bien puede adquirirse por medio de correo electrónico; el servicio es contratado mediante tarjetas de crédito con números secretos de identificación personal, a través de un complicado sistema de conexión telefónica —un emporio—, incluido un contrato de prestación de servicios, facturas deducibles de impuestos (a nombre de Casa Hogar Santísimo Sacramento, IAP) y la posibilidad de reembolso en caso de que el servicio resulte defectuoso o insuficiente (fallas físicas o psicológicas del prestador). Para seguridad de todos, se añaden algunas cláusulas con obligaciones para los solicitantes del servicio; los precios incluyen un día completo —de ocho de la mañana a esa misma hora del día siguiente— en el domicilio señalado por el solicitante, con la posibilidad de hacer "todo lo que la imaginación alcance", con descuentos especiales para grupos, y con sólo dos estrictas prohibiciones: ejercer cualquier tipo de violencia física sobre el prestador ("especialmente los golpes que dejen marcas visibles en el rostro, brazos o piernas del prestador"), y tomar fotografías o videos del mismo a lo largo de la prestación del servicio; ambas faltas, se advierte, serán sancionadas "con rigor ejemplar". La tentación resultó demasiado grande: era necesario conocer el sistema completo, y para ello no había otro remedio que contratar a alguna de aquellas niñas, esperando hacerla hablar (como si no tuviese yo bastantes complicaciones con el caso Santillán). Desde luego yo no podía ser el cliente, así que le llamé a Omar Ríos, un viejo amigo mío, dueño de una pequeña pero próspera empresa de condones de sabores, para que prestase su nombre para la operación (no a cualquiera le otorgan el servicio). Luego de un considerable esfuerzo para convencerlo ("imagínate si se entera mi esposa", decía este amo del control natal), pudimos establecer contacto con la empresa y a las dos semanas, que supongo utilizan para informarse sobre la honorabilidad moral y financiera del sujeto en cuestión, Omar recibió una llamada indicándole que su crédito había sido aprobado, que recibiría su tarjeta esa misma semana y que podía comenzar a utilizarla en ese mismo momento ("como si contratase *realidad virtual*", se sorprendió Ríos, sin saber que, en efecto, no había demasiada diferencia entre uno y otro servicio, incluso entre los dueños de ambas corporaciones). Con puntualidad londinense recibimos el catálogo —*Información política y financiera*— y la tarjeta ese mismo jueves, y por la noche, nerviosos como colegiales

(Omar puso como condición enterarse de todos los detalles o quizás pensaba en recurrir al servicio más tarde, sin mí), hicimos una cita para el día siguiente. Sí, la número 257, Azucena, dieciséis años, setenta y tres mil —una suma intermedia, Omar no quiso una de las baratas—, de quien mi hija había oído hablar lejanamente, o visto, quizá, en uno de los intermedios del concierto de Francisco Arturo (el cual, por cierto, no venía en el catálogo: yo sugerí que tal vez aún había *artistas* decentes, pero Omar aventuró que probablemente trabajaba para la competencia). Idéntica puntualidad trajo, a bordo de una limusina azul marino, envuelta en un abrigo de pieles blanco del peor gusto ("te dije que buscáramos una más cara"), con lentes oscuros y el rostro arisco, a la pequeña Azucena, que así parecía una prostituta de rebajas. Yo me hice pasar por el dueño de la casa (Omar se escondió en otro cuarto) y la chica, con una desenvoltura que no denunciaba su edad, aunque sí su vestido, se quitó el abrigo de pieles blanco del peor gusto y los lentes negros y se transformó de pronto, sin más, en lo que era: una niña de dieciséis años con una falda de mezclilla azul, una camiseta naranja con un ratón Miguelito y una cara de angelical ternura aun cuando me pidió, a las nueve de la mañana, un vodka tónic. Azucena se desenvolvía según un papel que, por lo visto, había ensayado mil veces, repetido de memoria, sin espontaneidad ni pasión —aunque aparentara espontaneidad y pasión—, dejándose consentir a ratos, pero sin jamás salir del parlamento previamente estudiado: una alumna competente. Charlamos o más bien intercambiamos palabras en un ritual absurdo —nadie decía nada verdadero ni importante— durante una hora, hasta que ella comenzó su labor insinuante, acaso aburrida o fastidiada con mi plática; se quitó los zapatos ("para estar más cómoda") y con falsa coquetería me acarició la entrepierna con sus calcetas blancas mientras seguía hablando de nada… De vez en cuando se pasaba la lengua por encima de los labios o se mesaba el cabello o dejaba que la forma de sus senos y sus pezones diminutos se dibujara en los pliegues de su camiseta naranja con la figura del ratón, como siguiendo paso a paso una lista de tareas. No es que en definitiva yo no supiera cómo comenzar a tratar los temas que me interesaban, o que me diese miedo ofenderla, pero ambos necesitábamos cierta intimidad para lograr nuestros respectivos y contradictorios propósitos, de modo que la tomé de la mano y la llevé —para enojo de Omar— a una de las recámaras. Azucena resultó ser de veras linda, especial. Acaso en realidad necesitara el afecto o la ternura que simulaba, y su disfraz fuese una máscara doble que representaba lo que en realidad era, pero no fue capaz de revelarme los oscuros nexos de la empresa para la que trabajaba. Al contrario de lo que pudiese pensarse, ella no se consideraba una prostituta ni mucho menos (Omar decía en cambio que todas estas muchachitas eran sólo putas valorizadas por la publicidad televisiva, y no a la inversa), sino una *artista* que necesitaba valerse de estos recursos para llegar adonde deseaba: la fama y la gloria, o la idea que de ellas tenemos antes de experimentarlas. Ella no tenía opción y, según me confesó, en ocasiones incluso el trabajo llegaba a gustarle, cuando el cliente era joven o por lo menos no obeso, o un poco tierno. A lo largo de varias horas la escuché contarme sus proyectos, las canciones que deseaba interpretar —incluso tarareó algunas—, los artistas a los que admiraba, y luego, casi como un secreto, me dijo que, después de triunfar como actriz de cine, deseaba casarse y tener hijos (en algún momento de nuestras vidas todos queremos lo mismo). Fuera de estas confesiones apenas pude sacarle algunos datos sobre la operación de la empresa, los honorarios que ella recibía —a decir verdad nada despreciables— y la absoluta discreción de sus jefes, a los que nunca había visto. Mi decepción se vio mitigada por el gusto de conversar con aquella chiquilla —una Azucena que se asemejaba cada momento más a una persona verdadera—, pero tocó fondo cuando me dijo que tampoco sabía los nombres de ninguno de sus clientes —la discreción era la regla de oro de la empresa—, lo cual, sin embargo, le creí con bastante facilidad en aquel momento. Pero mi desesperación se convirtió en júbilo cuando, acaso rompiendo un precepto fundamental de todo periodista, me di cuenta de que yo realmente le simpatizaba —parecía rico, no estoy tan viejo, no soy obeso y soy capaz de mostrar ternura—, cuando me reveló algo que resultó mucho más importante para mí de lo que ella pudo imaginar: "Me dolió mucho la muerte del ministro", balbució. "¿Del ministro de Justicia?", le pregunté en un respingo. "Sí." "¿Lo conociste?" Ante mi tono exaltado, ella se asustó un poco y no quiso decir más, aunque ya lo había dicho todo. No volví a presionarla: aún nos quedaban muchas horas por delante que, a fin de cuentas, ya habían sido pagadas.

De nuevo el ministro de Justicia, de nuevo Alberto Navarro, de nuevo Ignacio Santillán: cada cosa en el mundo parecía conectada con ellos, una simpatía secreta o una oscura correspondencia lo unía todo, cada detalle, cada minucia lista para mí como si en verdad yo tuviese las claves para descifrar tales arcanos. Quizá no hubiese sido difícil adivinarlo, una empresa tan grande y bien construida debería estar en contacto con los más altos niveles del gobierno, pero no dejaba de sorprender —más por torpeza e ingenuidad nuestras que por trampas o engaños suyos— que los miembros del intachable gobierno del presidente Del Villar, los defensores de la democracia, los servidores públicos de más limpia trayectoria —política y académica— en la historia del país, estuviesen involucrados o disfrutasen placeres semejantes (y no es que yo sea moralista pero ellos mismos, públicamente, defienden el valor de la familia y el propio Del Villar declaró una feroz campaña contra la pornografía y la prostitución infantil). Pero lo más impresionante —bueno, después de su horrible muerte ya nada podía impresionar más— era que Alberto Navarro, el más limpio y honesto de los integrantes del gabinete, utilizase los servicios de la Casa Hogar Santísimo Sacramento, IAP

Navarro estaba casado con María Bracamontes, hija del pintor Odilón Bracamontes, quien encabezó el movimiento de resistencia civil cuando se inició la represión. En público aparecían como una de las parejas mejor avenidas y más exitosas de la época —frecuentemente aparecían juntos en diarios y revistas nacionales y, de vez en cuando, en *¡Hola!* o *Quién*—; nunca nadie se atrevió a propagar rumores negativos sobre ellos, ninguna calumnia, ninguna sospecha de infidelidad: de hecho, nadie ponía en duda, con envidia, que esta pareja de políticos en realidad se hubiese casado por amor. Desde que se conocieron en la universidad se dieron cuenta de que a ambos les convenía la unión para el desarrollo de sus respectivas carreras —Alberto estudió derecho y María, ciencias económicas—, durante el movimiento democrático siempre se les vio compartir la tribuna e incluso consiguieron becas para estudiar en Inglaterra a sólo unos kilómetros de distancia: él en Londres y ella en Gales. Antes de marcharse se casaron y permanecieron dos años en Gran Bretaña, no sólo estudiando, sino estableciendo los contactos necesarios —a través de la Asociación de Estudiantes Latinoamericanos de Posgrado, que tenía como presidente fundador a Alberto y como secretaria a María—, tanto con connacionales como con diversos grupos políticos y económicos de la Comunidad Europea, para regresar a la patria con amplias expectativas y posibilidades de acción. De vuelta a México, Alberto fundó un despacho de consultoría jurídica en materia de transacciones internacionales —con excelentes clientes y prestigio ascendente— que pronto se convirtió en una especie de contacto nacional entre cientos de organizaciones no gubernamentales de derechos humanos y fundaciones por la democracia; infinidad de asuntos relacionados con estas instituciones eran atendidos por Alberto y los miembros de su reducido pero altamente calificado equipo. Mientras tanto, gracias a nada desdeñables vínculos familiares, pero sobre todo a su perseverancia y talento, su energía, su ánimo, su ambición, María se convirtió en la secretaria particular de Alfredo del Villar cuando éste dirigía la editorial Contexto (de ahí salió la serie de análisis y estudios críticos más importantes sobre la historia contemporánea del país: los cimientos morales e ideológicos del cambio que estaba por producirse). A partir de ahí, los nexos creados, las relaciones múltiples con sectores e individuos preocupados por los mismos asuntos, la astucia de ambos para no enemistarse demasiado con el gobierno y, a la vez, convertirse en figuras populares del movimiento, los convirtieron en una pareja imprescindible para el país; ni siquiera el nacimiento de Paola y Magdalena detuvo su participación en la candidatura única de la oposición encabezada por el respetado poeta Del Villar —los esposos fueron los artífices de la concordia—, en su aplastante victoria electoral y en la movilización nacional (la gran huelga) que lo llevó a Palacio. A nadie sorprendió entonces que una de las primeras acciones del presidente fuese la creación del Ministerio de Justicia, pensado expresamente para uno de sus más distinguidos colaboradores (aclamación generalizada): el ya ilustre abogado Alberto Navarro. En cambio, a diferencia de su vida pública, perfectamente documentada en fotos, videos y artículos escritos al alimón, la vida privada de María y Alberto resultaba menos visible; nadie ponía en duda su amor y sus ideales compartidos, y esta creencia bastaba para interponer una máscara entre la realidad y la apariencia —no digo que haya sido falso su amor, sino que permanecía oculto—, los convertía en sombras distantes y misteriosas, figuras públicas al fin y al cabo, en donde resultaba imposible adivinar sus pasiones, odios, luchas y reconciliaciones. Ni siquiera sus amigos más cercanos conocían la realidad de sus emociones, ni uno ni otro hablaban jamás de ello, asumiendo su condición de pareja perfecta, de modelo democrático. Acaso la única que hubiera podido revelarme esta parte de la historia hubiera sido la propia María —la nueva viuda, por mala suerte o infortunio— pero, como lo supuse, mis intentos de entrevistarla siempre se estrellaron en las tácticas dilatorias, las sonrisas y los innumerables impedimentos de sus secretarias. Imposible rastrear por ese lado: la discreción y la pena y la vergüenza y el llanto hacían todo lo posible para quitarle todo vestigio de inmortalidad al muerto. María también quería olvidarlo: sepultarlo para siempre.

La noche, al contrario de lo que la imaginación popular e inducida cree, no es un monstruo que engulle, una sombra o un demonio; la noche no sólo vence y duerme y consume, lejos está de ser el territorio de lo inanimado y de lo volátil —cuervos y espíritus—, de lo efímero y lo increado, de lo primigenio. Sucede que, sin darnos cuenta, la noche también descubre y desentume, cambia y metamorfosea, descorre la pesada cortina de la luz para revelar los mundos ocultos, activos y móviles, fatales, que se amparan detrás del día. Por el contrario, a veces la luminosidad enceguece, altera la auténtica composición de las cosas, las distorsiona con su ansia de precisión y claridad; entonces la oscuridad —que ciertamente unifica y homogeniza— arranca estas trampas y nos enseña la otra realidad del mundo, ignota y despreciada, que nos negamos a ver; no se trata, sin embargo, de un espacio alterno y vano, no es una apariencia fútil de las cosas, sino su otra mitad, una cara —no mejor ni peor: diferente, complementaria— que por lo regular nos negamos a sentir y reconocer, aferrados a nuestra mezquindad fotocéntrica, pero que está ahí y también nos forma, nos nutre y nos anima. La noche es un sitio fuera del sueño: las noches de los despiertos albergan seres que, apenas por casualidad, habitan los mismos cuerpos que tienen durante el día, pero lo cierto es que son a un tiempo otros y los mismos, reconstruidos bajo el influjo de las estrellas. Por eso se inventó el sueño: para quienes se rehúsan a asumir su naturaleza noctívaga, para los medrosos que prefieren la comodidad de la inconsciencia. En cambio, aquellos que prefieren velar mientras las tinieblas se ciernen sobre la tierra —una raza especial, alterna— asumen las mutaciones que la noche produce en sus caracteres y sus sombras, y reconocen que ahí, en la infinita muerte del sol, también hay vida. No deja de ser cierta aquella fabulación que yo ya había hecho aparecer en *El empalador*: si colocamos un espejo frente a alguien que duerme podremos observar la verdadera fisonomía de su alma. Así labora la noche: muestra a quienes son capaces de mirarla —a quienes poseen espejos y no sólo receptáculos en sus ojos— la contraparte de los espíritus diurnos, sus fauces abiertas o su angustia —eso que esconden, eso de lo que se avergüenzan—: sus secretos. Y lo mismo pasa con los lugares y las cosas; esta ciudad, por ejemplo, esta megalópolis de cuarenta millones de habitantes, con sus periféricos atestados durante el día —infinitas filas de hormigas muertas—, sus rascacielos desgarrados, su energía y su basura y sus incognoscibles destinos, esta ciudad de baches y gozosos insultos, de brumas artificiales y absurdas, e inevitables esperanzas depositadas en sus nuevos gobernantes: esta ciudad también es una a luz del sol y otra muy distinta al caer la tarde. En cuanto se difuminan los colores, la ciudad deja libres sus temores y sus ansias —no más confianza en nuevos gobernantes, ni en democracias gloriosas—, y reaparece el pánico incubado a lo largo del tiempo, reaparecen los monstruos y los fantasmas que llevamos dentro: homicidios, fragores y violencia, o bien redadas y acciones clandestinas del FPLN —sus bombas inútiles, sus secuestros fastuosos— o el simple pulular, lento y salvaje, de mendigos, profetas y desheredados por bares, burdeles y *efímeros* (los antros de moda), hasta que llega la madrugada con sus cielos blanquecinos o amarillentos para cancelar estos mundos —o sólo adormecerlos— durante unas cuantas horas. Fue en uno de esos extravagantes y fatídicos efímeros, esos bares-prostí-bulos-escenarios ambulantes que se mudan de casa en casa (en principio para burlar a las autoridades, ahora sólo por la diversión), donde la encontré por primera vez (aunque entonces no sabía que era *ella*). Yo no frecuento esos bajos fondos, sólo de vez en cuando y más por curiosidad que por morbo asiduo (los descubrí, hace mucho, cuando hice un reportaje de ellos, cuando su atmósfera *hard* aún escandalizaba), pero a Azucena le pareció que era el lugar más conveniente para volver a reunirnos: cualquier otro local público, me dijo, ponía en entredicho su fama de actriz (aunque yo pensé que lo peor sería dañar su imagen de puta al salir por gusto con uno de sus clientes). Sólo allí fijé mis ojos en ella (y no en Azucena): estaba de pie junto a la barra, a unos metros de distancia, con una copa en las manos, toda vestida de negro (la chamarra y la blusa, la minifalda y las medias, los zapatos y de seguro también los calzones), contrastando con una piel blanquísima, casi azulosa —o sería la poca luz—, en la que las venas se transparentaban como ríos diminutos bajo la delgada tela que cubría sus mejillas, sus manos y su nuca. Su cabello era castaño —o de nuevo me engañaba—, pero lo que más me impactó (por eso me fijé en ella, por eso la rescaté de las sombras todavía sin saber quién era) no fue su belleza o su encanto, que en ese momento no me importaron o no alcancé a distinguir, sino su languidez en medio de un grupo de hombres y mujeres que la protegían y no permitían que nadie ajeno se le acercara, como si se tratase de una figura famosa e intocable. La miré detenidamente y sin embargo aún no podía saber quién era, de hecho, sólo me enteré de su identidad cuando, mucho después, ella misma me preguntó si no había estado yo esa noche en aquel antro, y sólo así la recordé y entendí que ambos habíamos establecido contacto desde entonces. Pero para mí esa noche no fue, como he dicho, de ella, de Marielena Mondragón —de cualquier modo se fue casi de inmediato, rodeada por su grupo— sino de Azucena: Azucena que, por el contrario, vestía una discreta blusa verde con flores, sin escote, y una falda marina hasta abajo de la rodilla: ya no parecía tanto la niña malcriada de la vez anterior, había crecido dos o tres años desde ese día; Azucena que no dejaba de decir nimiedades —sus ropa favorita, los cantantes de moda, las películas que odiaba, la nariz de Tom Rubbi y los ojos de Richard Grant— pero con un lenguaje lleno de modismos y onomatopeyas; Azucena que apenas concedía atención a mis preguntas o a lo que yo le contaba —de seguro le parecían nimiedades— y que se la pasaba coqueteando o, por lo menos, observando por detrás de mi hombro a los jóvenes rapados, de torsos desnudos, que abarrotaban el lugar; Azucena que a su edad bebía como desesperada sin que en su actitud se notase otra cosa que un leve fulgor en los ojos y un enrojecimiento creciente de sus labios; Azucena que en cierto instante decidió bailar conmigo, me levantó de la mesa y me estrechó contra su cuerpo, contorsionándose, sólo para luego cambiar de pareja y repetir sus movimientos sobre el pecho y las caderas de un jovencito de espaldas anchas que estaba a punto de derrumbarse bajo el influjo del alcohol y la coca. Yo volví a mi asiento y ni siquiera me interesó acudir a la sala VIP a mirar alguna orgía o asistir a un strip improvisado por alguna o alguno de los clientes o comparar la infinita variedad de pezones que se mostraban en un video casero que sólo podría excitar a los muy pasados; simplemente me quedé ahí sentado, mirando mi copa, y después, más por tedio que por ganas, me dediqué a hacer dibujitos con la coca sobre la mesita de cristal antes de inhalarla (actividad más peligrosa de lo que parece: nunca falta quien piensa que la estás desperdiciando). Pero de pronto sucedió algo (Azucena ni siquiera se dio cuenta): la marea humana se contrajo y permitió el paso de un par de sujetos sin rostro, rodeados por una cohorte de esbirros —guaruras—, que previamente habían depositado sus armas a la entrada, pero que sólo con sus músculos y sus rostros malencarados demostraban su disposición a partirle la cara al primero que les impidiese el paso. Atravesaron la pequeña recepción en un santiamén y se dirigieron a las salas VIP. Al poco rato salieron custodiando a una pequeña multitud de hombres y mujeres semidesnudos, a los cuales se habían encargado de encadenar como si fuesen piezas de ganado. Los llevaron afuera, a los automóviles y 4x4 que los esperaban con los motores encendidos, y luego desaparecieron sin dejar huella como si nunca hubiesen estado ahí. Le pregunté a Azucena si sabía quiénes eran aquellos visitantes, pero para entonces ya estaba muy entretenida acariciando y besando el sexo del jovencito —dudo mucho que él, perdidamente borracho, lo haya disfrutado—, de modo que tuve que irme para no interrumpirla (además no lo hacía tan bien). Uno de los meseros —que aquí se llaman *magos*— me dijo que eran los guaruras de siempre y que cada noche se llevaban a los miserables que tenían la mala suerte de ser escogidos: ya se los había encontrado en otros efímeros y sí, eran unos cabrones. "¿Y qué hacen con ellos?" "Mejor ni preguntar. A veces vuelven, no siempre." "¿Para qué los quieren?" "Para sus fiestas privadas, amigo, ¿me entiende?" "¿Y las autoridades no hacen nada?" Rio mientras se daba la vuelta, condescendiente. "Las autoridades, claro. Sólo que ellos son las autoridades." Aburrido, se alejó de mí y me dejó sin bebida por el resto de la noche. Poco antes del amanecer, Azucena regresó conmigo para pedirme —ordenarme— que la llevase a su casa. Lo hice sin rezongar.

¿Quién podría acordarse aún de Ignacio Santillán, a quién podría yo dirigirme que todavía lo guardase en su memoria, o que lo hubiese tratado en fechas más recientes que yo, o que conociera cosas para mí ajenas —las claves de su destino—, o que supiese, al menos, los nombres de otras personas que sí poseyesen algunas de las características anteriores? Traté de revisar mi agenda y mis años en la preparatoria, a su lado, intentando rastrear ese vínculo, esa figura capaz de responder las preguntas, de atisbar soluciones (o siquiera de reconfortarme).

En vano: no hallé un solo contacto posible, nuestros amigos comunes de aquellas épocas habían dejado de serlo de él mucho antes que de mí; todos lo habíamos visto desaparecer al mismo tiempo, perderse para siempre, por su gusto y propia voluntad (de no haberlo reconocido por mi anillo y no haber acompañado con su muerte la muerte del ministro de Justicia tal vez nunca más me hubiese acordado de él). Después de mucho dudarlo, le llamé a Daniela —ahora nuestro contacto es mínimo—, le conté brevemente lo sucedido y le pregunté, intuyendo la inutilidad del acto, si tenía idea de qué había pasado con Nacho. La perra aprovechó, como siempre que la llamaba, para reclamarme el monto de la pensión, reprochar mi desinterés hacia Mónica (no es que yo no quisiera ver a mi hija más a menudo, pero la sola idea de enfrentarme semanalmente con su madre bastaba para desanimarme, y ella pronto comenzó a verme como alguien ajeno, una visita impertinente) y exigirme que le devolviese su maldito jarrón chino (jamás lo haría: se lo había regalado a otra mujer a la que ya ni siquiera frecuentaba), y por fin, después de media hora de tolerar sus improperios, a punto de colgarle, desesperado, me dijo que quizá conservaba por algún lado el teléfono de doña Maquita, la madre de Nacho (su padre había muerto hacía años: leímos la esquela aunque nadie nos invitó al entierro). Búscalo por favor, le dije, pero ella me respondió que no tenía tiempo. Sólo cuando le prometí devolverle el jarrón accedió a dármelo. Doña Maquita vivía en un asilo para ancianos ciegos en Tlalpan: la anciana apenas se acordaba de mí, aunque se conservaba esbelta y lúcida, idéntica a como yo la recordaba: fría y sobria, siempre atenta. Ya sabía lo de Ignacio, la policía había ido a visitarla y le había hecho las mismas preguntas que yo, pero me dijo que la verdad (la policía no la creyó y yo tampoco) era que no sabía nada de su hijo desde hacía casi diez años. No se habían peleado ni distanciado, simplemente él había decidido desaparecer y ella había respetado a su muchacho: no quiso abundar más en el asunto. "Doña Maquita —insistí—, yo era su amigo, de verdad. Sólo quiero tratar de entender lo que le pasó y por qué terminó así. Ayúdeme." "Lo siento, no puedo hacer nada. Pero me dio gusto que me visitaras, ¿lo harás de nuevo?" "Claro —mentí, estrechando su mano; ella se sacó del bolsillo una tarjetita blanca y la puso en la mía." "Esto no se los dije a *ellos* —me susurró al oído—. Hay un amigo suyo que siempre siguió visitándome, trayéndome dulces y cosas, y de vez en cuando alguna noticia de Nacho: búscalo de mi parte." En cuanto salí del asilo leí la tarjeta: "José María Reyes, animación para fiestas infantiles", y luego una dirección.

Nadie sabe para quién trabaja. La frase no pierde su valor: al ser tan grande el cúmulo de relaciones entre las personas, al nunca poder calcular todos los factores que influyen en un hecho (mi convicción es que nadie puede hacerlo, ni siquiera el gobierno, por más poder que acumule en este país) y al estar siempre sometidos al arbitrio del azar, resulta imposible prever las consecuencias de nuestros actos, y entonces afectamos a quien jamás creímos afectar y perjudicamos a quienes menos queríamos perjudicar: el pinche efecto mariposa. Uno descubre, así, que los poderosos no planean y reproducen esquemas cuidadosamente diseñados para beneficiarlos —nadie podría confiar en ellos al cien por ciento—, sino que la maquinaria resulta superior a sus componentes. A veces, por mala suerte o infortunio, los engranes se mueven por sí mismos y las acciones que algunos traman para perjudicar al sistema, al gobierno o a los gobernantes, a fin de cuentas terminan por beneficiarlos. A las pocas semanas del sepelio del ministro de Justicia, sin que aparentemente tuviese relación con el caso, publiqué en *Tribuna del escándalo* un texto que había dejado rezagado en el cajón porque lo creí pasado de moda y del que tuve que echar mano pues no había tenido tiempo de escribir otra cosa, ocupado como estaba con el fantasma de Ignacio Santillán. Se trataba de un reportaje (no muy confiable por la dudosa calidad de las fuentes, he de confesarlo, pero a fin de cuentas con elementos de veracidad, que es el único criterio exigido por los editores del tabloide), sobre el FPLN y sus métodos de "terrorismo psicológico". El FPLN era conocido, o al menos es la imagen que todos guardábamos de él, o a la que nos habían inducido, como el errático, desbalagado y funesto epígono de la guerrilla selvática de los noventa (ésta era su fundamento, pero el parentesco ya era muy lejano), que con el cambio de siglo se había vuelto urbana en vez de rural y había modificado diametralmente su discurso. En vez de mesianismo combinado con cursilería (independientemente de las "justas e innegables condiciones de marginación que la habían hecho surgir", como afirmaba entonces el gobierno que había provocado esa marginación), el tono de sus proclamas combinaba ahora una suerte de mesianismo milenarista y sádico; en vez de comunicados entretejidos con parábolas, poemas y mensajes cifrados a intelectuales, ahora había amenazas más o menos demenciales, insultos, visiones escatológicas y negación de cualquier posibilidad de diálogo con un gobierno que, para ellos (no les importaban quiénes fuesen los gobernantes), era necesariamente ilegítimo —"horror a las equivocaciones mayoritarias", llamaban a su vocación antidemocrática— y, en vez de la voz cívica y tormentosa, gallarda y profética, soberbia y cursi del antiguo subcomandante, despuntaba el desequilibrio rallando en la locura y la violencia verbal sin límites, la furia que no anhelaba justicia sino simple furia, y la rabia hacia cualquier tipo de instituciones, el griterío apocalíptico y los caprichos incendiarios del teniente *Gabriel*. A los nuevos guerrilleros ni siquiera el triunfo opositor del presidente Del Villar los había convencido de moderar sus posiciones: "el viejo escritor que ya no escribe", lo insultaban, "con su democracia literaria e inútil", y su "ejército de tiranos pigmeos", como llamaban a los miembros del gabinete. Radicales inconsumibles, los miembros del FPLN se movían sigilosamente por las noches de la ciudad, colocando pancartas y diseñando *grafiti* en bardas, ametrallando automóviles oficiales

—sólo por mala suerte o infortunio con víctimas— y secuestrando todo tipo de personas, desde empresarios hasta amas de casa y desde empleadas domésticas hasta artistas (una vez le tocó turno a Miki Segura, el conductor de *Súpersabado*, pero por desgracia lo entregaron a las pocas horas, todo pintado de rosa, amarrado en una de las antenas de la televisión privada). Sus vehementes anuncios sobre la proximidad del fin del mundo hicieron que el grupo fuese visto por el resto de la sociedad, más que como una amenaza, como una plaga —mosquitos o ratas— que ya nadie se preocupaba de comentar, por más descabelladas o espectaculares que resultasen sus "acciones explosivas". Sin embargo, para el gobierno —y para los lectores de *El Imparcial*, uno de los pocos diarios que seguían publicando sus comunicados—, los alzados resultaban difíciles de tolerar, una voz disidente que no se había sumado al furor democrático y que (al menos en sus cabezas) restaba un poco de legitimidad al régimen. En fin, más allá de sus ataques, casi inofensivos, a mí se me ocurrió investigar las otras formas que los miembros del FPLN tenían de manifestar su desacuerdo con nuestra reluciente democracia. Los resultados, aunque no podían ser verificados, me parecieron atractivos: además de los atentados visibles, de muy escasa relevancia, al parecer los insurrectos habían articulado una estrategia que yo decidí bautizar como "terrorismo psicológico" y que acaso los hacía más fuertes que a sus predecesores selváticos. En mi opinión, el FPLN aún poseía una sólida capacidad organizativa, era capaz de triunfos que nadie alcanzaba a vislumbrar. Dividido en escuadrones, defendía la idea de que los gobernantes son siempre corruptos y por ello los atacaba de manera individual en acciones cuidadosas e invisibles. Sus líderes primero seleccionaban y localizaban a su próxima víctima, que en este caso no era alguno de los sujetos típicos de sus sonados, aparatosos e inútiles secuestros, sino su contraparte: hombres verdaderamente poderosos, políticos de primer nivel, acaudalados empresarios (incluso alguno de la lista de

Forbes) y jefes militares, aquellos que comúnmente llamamos "pilares de la sociedad". Una vez elegidos, un comando rastreaba minuciosamente, hasta los mínimos detalles, la vida del prohombre en cuestión, sus costumbres, su vida familiar, sus deslices, sus negocios limpios o turbios, y las vidas de sus familiares y amigos. Cada acción, cada gusto, manía, interés o error de la víctima era analizado al extremo, hasta que por fin el cuerpo logístico del movimiento decidía un plan de trabajo cuyo único fin era la destrucción, moral y psicológica, de la víctima. La misión era convertir su vida en un infierno (otra de las obsesiones del teniente *Gabriel*): primero lo hostigaban sin descanso con actos en apariencia casuales, por ejemplo descomponían su automóvil o incendiaban su alfombra, cortaban su línea telefónica o provocaban cortocircuitos en su instalación eléctrica; luego buscaban a sus antiguas o actuales amantes y hacían que la esposa de la víctima se enterase de tales relaciones, le enviaban cartas anónimas revelando sus secretos, hostigaban a sus hijos en la escuela —por medio de comandos infantiles, perfectamente adiestrados, a los que se inscribía en la misma institución—, revelaban sus intimidades en los medios (en *Tribuna* publicamos muchas), difamaban a sus amigos, jefes o empleados, provocando intrigas y traiciones, y, en fin, utilizaban cualquier método con tal de volver loca a su víctima, aniquilando sus momentos de tranquilidad, interponiéndose en sus intereses y volviéndolo aborrecible hasta para sus seres más queridos. Un terrorismo hormiga, capaz de acabar con una persona sin que ésta reparase en la maquinaria que operaba en su contra, un modo perfecto de disminuir su poder y su influencia, de minar el aparato del Estado, de destruir conciencias permaneciendo a salvo; como ejemplo de lo anterior, me atreví a señalar los casos de Anacleto Desideri, el director fundador de ICASA, quien terminó suicidándose luego de que su esposa lo abandonó; de Flavio Pechina, el dueño de un canal de la televisión privada, cuyos turbios negocios en Estados Unidos fueron develados por la guerrilla, y el del general Ulises Cantú, baleado por el novio de una de sus hijas hacía apenas unos meses. La reacción desatada por el breve reportaje resultó mucho mayor de lo que yo esperaba: era la gota que hacía falta para derramar el vaso del rencor oficial contra el desgastado y casi inofensivo FPLN; pronto en todos los corrillos, en las cantinas y en los clubes, en los supermercados y en las reuniones caseras el "terrorismo psicológico" se convirtió en tema obligado: a la gente le divertía y fascinaba (no sé porqué siempre ocurre así) oír de complots, complicados planes y estrategias destructivas —el embrujo de la televisión—, pero no sucedía lo mismo con las familias y los amigos de aquellos que empezaron a considerarse posibles víctimas del FPLN. Ahora políticos, empresarios y militares veían en cualquier situación adversa —en la mala suerte y el infortunio— el infamante designio de la guerrilla (que adquiría de este modo, gracias a mí, dimensiones omnipotentes, divinas). El poder de los subversivos, siempre menospreciado, de repente pareció inmenso: desaparecieron el destino y la fatalidad y fueron sustituidos por la demencia finisecular del teniente *Gabriel* (o más bien la mía). El clamor de los ricos y poderosos no se hizo esperar (parapetado en docenas de artículos que, con el mismo tema, e incluso en publicaciones más serias, siguieron al de *Tribuna*), y el gobierno entendió muy bien cuál debía ser su misión: tras la horrible muerte del ministro de Justicia, también achacada al FPLN, esto ya era el colmo. Por más que fuese doloroso, sería necesario utilizar —como advirtió en una conferencia de prensa el ministro del Interior, doctor Gustavo Iturbe—, aunque nadie lo quisiera, aunque se le hubiera proscrito desde el inicio del régimen del presidente Del Villar, "toda la fuerza y la energía necesarias para terminar con la creciente inseguridad" que la guerrilla causaba en el país (lo que equivalía a reiniciar las *razzias* y las pesquisas domiciliarias, como cuando, en los años de la represión, se buscaba a los líderes del movimiento democrático; pero el país, ese país que la guerrilla hacía sentir inseguro, no hizo sino aplaudir las palabras del ministro del Interior).

Una niña me pidió que me sentara en una silla diminuta —yo creo que ni siquiera ella estaría cómoda ahí—, de madera azul bebé mal pintada, como las que recuerdo del kínder, con dibujos de conejos y florecitas, al lado de una mesa de idénticas proporciones sobre la cual estaban dispuestos varios platitos de plástico color rojo, de los que tienen tres divisiones para que no se mezclen los sándwiches de jamón y queso con la ensalada rusa (¡qué asco!) y la gelatina de rompope (que sí se veía sabrosa). También había botellas de coca-cola y agua Evian (se veía que los profesionales de la salud ya dominaban a los pequeños), vasitos, servilletas con los *New Toons* —Babbi y Yommi y la Coqueta Cigüeña— y canastitas con dulces y chocolates. Hacía mucho que no asistía a una fiesta infantil: la última vez, traté de recordar, debió ser en el sexto cumpleaños de Mónica (la cual terminó con la nariz rota cuando la tiré del subibaja en medio de los alaridos de su madre). Las paredes, bastante descarapeladas, tenían rayas azules y blancas y en el otro extremo del salón había una alberca de hule espuma, una rueda voladora (mi entretención favorita) y un par de columpios. Sentía una mezcla de nostalgia y desolación en aquel lugar diseñado ex profeso para que los niños rían y se diviertan y festejen aun contra su voluntad. Ya eran muy pocos los sitios como ese que quedaban en la ciudad, los festejados prefieren normalmente quedarse en sus casas embotándose con videojuegos o acudir a las ferias de realidad virtual para sentirse exploradores lunares o buzos o espadachines, sin estar obligados a imaginar nada, convertidos en héroes o villanos por aquellas máquinas, atrapados en una fantasía que ya no les pertenece, aislados en sus neurosis electrónicas. Quién querría ahora una fiesta infantil con globos, confeti y serpentinas, quién querría partir un pastel después de apagar las velas y pedir un deseo cuando las computadoras son capaces de cumplir cualquier deseo; quién no se sentiría ridículo con los abrazos de los otros —entre menos contacto físico mejor: menos posibilidades de contagio— o escuchando las voces desentonadas y falsas de amigos y parientes cantando *Las mañanitas*. Era como estar fuera del tiempo, un regreso a la prehistoria: un sitio para niños nostálgicos, o acaso para los padres de esos niños, más nostálgicos aún. De pronto una figura escuálida se acercó a mí; tardé un poco en darme cuenta de que no era un truco de mi fantasía ni una trampa de la luz: en efecto, se trataba del payaso. El cabello azul, despeinado, la mitad de la cara blanca, los ojos, la nariz y la boca rodeados por una especie de cinta amarilla y azul, grandes pestañas negras, los labios muy rojos y un traje que, sin embargo, no era de payaso: zapatos cafés, pantalón azul, camisa a cuadros y una chamarra gris. Me tendió la mano (por fortuna no traía guante blanco), y se presentó. "José María Reyes, a sus órdenes —sonrió—, o si prefiere dígame Happy —e imitó, bastante mal, la risa de un chimpancé." Me pidió que lo acompañara a la parte trasera del salón ("necesito prepararme, cuando tenemos fiesta es una fiesta para mí", y rió de nuevo), mientras me explicaba lo que yo ya había visto: la ausencia de clientes, la pérdida de los valores del mundo infantil y de la fantasía en nuestro tiempo, etcétera. Llegamos a un pequeño cuarto en el que estaban colgados diversos jubones y donde había un pequeño espejo rodeado con focos (tres de ellos fundidos); sacó un par de pinceles de una cajita y se dio a la tarea de retocar su pintura (era un tipo no muy grande, de unos treinta y tantos, cara ancha y bulbosa y tez morena). "¿En qué puedo servirle?", su tono ya no era de chimpancé. "Me dio su dirección doña Maquita Santillán —dije, tratando de no alarmarlo, sin éxito; él se volvió y su cara de payaso, casi inexpresiva, quedó paralizada—. No, no soy policía. Yo también soy, era, amigo de Nacho. Fuimos juntos a la escuela." No es fácil hablar con un hombre disfrazado de payaso, y menos cuando se quiere hablar de la horrible muerte de un amigo común; la sonrisa en el rostro no se le quitaría nunca. En verdad le afectaba lo sucedido, o lo aparentaba muy bien: a continuación me habló de su amistad con Nacho, y acaso recordó la imagen de su cuerpo sin cabeza, cómo era posible que alguien le hiciera semejante cosa, pero el pobre Nacho siempre estaba metido en cosas extrañas, faltaba mucho a su trabajo en Cimex, yo se lo advertí pero no me hizo caso, como qué cosas, cosas raras, no sé, sus amigos, los miembros de la *cofradía*, eran muy extraños. ¿La cofradía?, sí, así se hacían llamar, un grupo de amigos de él, se veían todas las noches, sin excepción, yo los conocí muy poco, los vi muy pocas veces, ni siquiera sé sus nombres, pero Nacho siempre estaba con ellos, desde que los conoció se volvió otro, diferente a como era, te lo juro, antes no era así, tú debes acordarte, pero ¿así cómo?, así, siempre desvelado, escondiéndose de la luz, hablando de la mala suerte y de que es imposible escapar de ella, ¿y qué hacían los miembros de la cofradía?, no sé, no quiero saberlo, eran muy herméticos, pero nada bueno, te lo aseguro, la pobre Maquita sufría mucho, nunca veía a su hijo, y luego saber que alguien le hizo lo que le hizo, pero lo peor para Nacho era que la causante de todo, quien lo hizo permanecer en la cofradía, era ella, ¿ella?, la mujer de la que Nacho estaba enamorado. "¿Sabes su nombre?", le pregunté ansioso. "Marielena algo, nunca me dijo su apellido. Tiene un lunar en el párpado derecho." "¿Sabrás su teléfono o su dirección?" "No." "¿Y dónde se reunían?" "Hasta donde recuerdo, la cofradía no tenía un lugar fijo. A veces se veían en algún efímero, otras en casas de ellos, no sé…" El payaso no tenía, o no quiso darme, más datos; era todo por el momento: la denominación de un extraño grupo de amigos y el nombre de pila de la mujer de la que Nacho estaba enamorado. De algún modo resultaba lógico que la fatalidad ligase su muerte con una mujer.

Esta vez no me tocó a mí sino a Marcial Morones, de *¡Horror!*, continuar con la serie de artículos que promocionaban

—y calumniaban— las acciones guerrilleras del FPLN; su artículo resultaba bastante flojo, con el estilo marcadamente sensacionalista de ese tabloide —perdonen que defienda mi fuente de trabajo, pero todavía existen ciertos parámetros de calidad, incluso en publicaciones como la nuestra—, aunque es cierto que refería algunos datos interesantes, por más que su argumentación fuese caótica e inexacta. Al terrorismo psicológico, Morones se encargó de añadir una nueva arma de lucha del movimiento subversivo, muy al estilo disparatado del teniente *Gabriel*: el robo de cadáveres. Morones se había encargado de hacer una cuidadosa lista de este fenómeno, y los resultados eran alarmantes: en menos de un año habían desaparecido unos cincuenta cuerpos del Servicio Médico Forense y más de setenta de distintos hospitales, sanatorios y clínicas de la ciudad. En el primer caso, rara vez se había hecho notar la ausencia: nadie reclamaba restos que se suponían en manos de osados estudiantes de medicina; en cambio, en el segundo, el problema había despertado la preocupación de las autoridades: decenas de pacientes en estado terminal habían desaparecido de sus camas sin que enfermeras, afanadores, médicos o empleados pudiesen dar cuenta de su paradero. Casi cincuenta denuncias penales y civiles contra los nosocomios se encontraban en proceso, sin que existiese ningún avance sustancial en las investigaciones. Hasta entonces a nadie se le había ocurrido relacionar los hurtos con el FPLN, ni siquiera se había pensado en una acción concertada que relacionase los diversos sucesos. Debo reconocer, pues, que en este punto las apreciaciones del reportero no eran descabelladas. ¿Pero qué llevó a Morones a relacionar los robos con el FPLN cuando éste no los había reivindicado y cuando en ninguno de sus comunicados hacía referencia a este tipo de acciones? La respuesta era obvia (como siempre): quién más podría ser el responsable de la desaparición sistemática de cadáveres, a quién más podría interesarle realizar semejante hazaña, a quién más sino a ellos, al teniente *Gabriel* y sus secuaces, los cuales estaban lo suficientemente locos como para gozar con la desesperación y la angustia y el horror de los parientes, dolidos y avergonzados al perder no sólo el alma sino también el cuerpo de sus padres o hijos, obligados a enterrar féretros vacíos, en espera de que algún día la policía los devolviese (quién sabe en qué estado) y repetir de nuevo una ceremonia que sólo debe llevarse a cabo una vez. La obsesión del FPLN con el fin del mundo y con la muerte, los dos temas recurrentes de sus comunicados, también sustentaba esta vocación terrible y mezquina: traficaban con la muerte, se apoderaban de los despojos de algunos hombres y del pánico de quienes les sobrevivían, dispuestos a sembrar el mundo con su ejército de muertos. Lo extraño era que, si bien los métodos para obtenerlos resultaban similares, y por tanto podía hablarse de un autor común, de un complot o una conjura, nada emparentaba a los muertos: no había ninguna relación entre ellos, ningún vínculo, pues entre los robados se contaban desde indigentes y desconocidos hasta padres de familia, empleados y secretarias que morían en hospitales privados. No los unía ninguna característica común, sino justamente la mala suerte o el infortunio de haber sido sustraídos en circunstancias semejantes: siempre se trataba de muertos frescos, de cadáveres que apenas habían adquirido esa condición, seres que llevaban apenas minutos o, a lo más, horas de haber fallecido. La segunda conexión, que Morones dejó escapar, me pareció más evidente: en todos los casos se trataba de muertos *jóvenes*; ninguno de los cuerpos superaba los cincuenta años, a pesar de que, tratándose de muertos, uno pensaría en una profusión de ancianos, de modo que sus fallecimientos no se debían a "causas naturales" —aunque, a decir verdad, éstas nunca lo son—, sino a sucesos repentinos (accidentes) o enfermedades largas y dolorosas (los desahuciados). Dos semanas después de la aparición del artículo de Morones en *¡Horror!*, el teniente *Gabriel* tuvo a bien reaparecer en las páginas de *El Imparcial* para referirse al asunto: "Nos hubiera encantado a nosotros ser los acumuladores de vísceras y gusanos en el interior de embutidos frescos —que ustedes, en lugar de saborear, entierran con lujos desastrosos—, pero temo decepcionarlos porque, ay, en este caso no es así. Vale". Pero, al igual que a todos los últimos comunicados del teniente, nadie le hizo caso a éste, y el rumor de que la nueva acción guerrillera del FPLN era el robo de cadáveres no hizo sino expandirse como contraparte operativa del terrorismo psicológico inventado por mí: uno y otro definieron, a partir de entonces, la esencia del movimiento.

Me extrañó que la seguridad fuese tan escasa (o quizá tan escondida), no había guardias que lo revisaran a uno, ni espejos de doble vista que escondieran esbirros, ni siquiera cámaras de video escondidas; el aparato burocrático parecía reducirse a la pecosa recepcionista que anotaba el nombre de uno en una hojita de papel y a la puerta de madera que la separaba de la oficina principal. La muchacha me pidió que aguardara unos minutos y me ofreció un vaso de agua. La sala de espera era bonita —similar a un despacho de abogados o una notaría—: forrada en nogal, con lámparas de pie y cuadros de Nierman y Chávez Morado: el buen gusto había llegado a las oficinas públicas, cada vez más parecidas a bancos o trasnacionales. Yo había recibido la llamada a las nueve de la mañana: el doctor Ulises Quevedo, secretario particular de Gustavo Iturbe, ministro del Interior, estaba en la línea (¡ahora hasta los secretarios particulares eran doctorados!). "Al señor ministro le encantaría tomar un café esta tarde con usted… a las seis, si le parece bien", me dijo con el tono parco y mesurado de los académicos que habían tomado el poder. "¿Con qué motivo?", me atreví a preguntarle, consternado. "El ministro está muy interesado en los temas de sus últimos artículos (¿desde cuándo el ministro leería *Tribuna del escándalo*?) y por eso me pidió que lo buscara, él se vería muy complacido si pudiera comentarlos con usted, si usted no tiene objeción." De veras que eran educados estos nuevos funcionarios (antes te citaban con cualquier pretexto y casi te aventaban el dinero a la cara): ahora no había presiones de ningún tipo, ni la más mínima sombra de corrupción hacia un miembro de la prensa nacional (por más desprestigiada que fuese su fuente de ingresos), puras atenciones y trato distinguido: ¡así cómo alguien iba a rehusarse a visitarlos! A las seis en punto la jovencita (de seguro estudiante universitaria, guapa pero no insinuante, incluso algo tímida) me guió a la oficina del ministro, el cual me recibió en persona con un fuerte abrazo y un "querido amigo, qué gusto" entre labios. Era, como todos los miembros del gabinete del presidente Del Villar, muy joven para el puesto (treinta y cuatro años, me parece), muy alto, impecablemente vestido con traje gris y corbata Hermès, una sonrisa amplia y una actitud jovial. Pasamos a su despacho, lleno de fotografías revolucionarias (aquí Madero y Pino Suárez, allá Vasconcelos); un mesero nos sirvió sendos cafés y el ministro comenzó a hablar, circunspecto, sobre los grandes problemas nacionales, los desafíos de la modernidad y la democracia, los riesgos de la alternancia en el poder que los miembros de su equipo acababan de inaugurar y la bonhomía que imprimía al gobierno la figura emblemática del presidente Del Villar —de seguro un discurso dicho y repetido cientos de veces, con una voz modulada y afable, de intelectual más que de político—, antes de que yo pudiese abrir la boca. "Lo que más me llama la atención de su trabajo", añadió, veladamente, "es que ha abordado con especial tino dos temas de seguridad nacional; usted le ha revelado al gran público aspectos que nos han hecho aprender a todos, sin sutilezas técnicas ni enmascaramientos, pero también sin amarillismo, dando una visión confiada a la gente de estos asuntos que, le digo, nos preocupan tanto: el homicidio de Alberto Navarro y las acciones guerrilleras del FPLN, ambas cosas que de hecho casi podría decirse que son una y la misma —a fin de cuentas son los dos grandes desestabilizadores de nuestro régimen que nos mantienen con el alma en vilo—, pues, de acuerdo con las investigaciones en curso, quizá sea posible hallar entre ellas una conexión que, sin descuidar el estricto apego a derecho, permita englobar ambos conflictos en uno solo, de tal manera que, conciliando y dialogando, nos lleven a una paz permanente y duradera para nuestra reluciente democracia". "¿Y qué puedo hacer yo?", pregunté, directo. Una nueva avalancha de frases se me vino encima, aunque las palabras del ministro jamás se traducían en peticiones concretas o comprometedoras. Él, como parte del gobierno, no podía pedirme o exigirme nada ("a usted, un destacadísimo miembro de la sociedad civil"), excepto "el consejo reservado a un amigo": yo debía sentirme con la confianza suficiente de acudir siempre que quisiera a su oficina ("con derecho de picaporte"), para hablar de lo que a mí me interesara o me preocupara, para charlar sin ambages ni cortapisas ("la sinceridad fue la clave de nuestro triunfo") y obtener resultados comunes, avances y acuerdos, para hacer fructificar el trato que ahora habíamos comenzado a tener, porque él, como ministro del Interior, se sentía especialmente atraído por mis artículos y reportajes ("los leo a diario"), pues reflejaban la absoluta libertad de expresión existente en el país y la responsabilidad profesional que había ganado la prensa ("lo mejor y más rico de nuestro periodismo escrito"). Al final de su perorata nos dedicamos todavía unos minutos a otros temas, la crisis en Zambia y la derrota de la Selección Nacional de futbol, la victoria ecologista en Rusia y la nueva telenovela histórica sobre López Portillo, como si en verdad fuésemos viejos conocidos, en tanto yo, dejándolo hablar al máximo, no podía olvidar que ese hombre de trato fácil y sonrisa encantadora, el doctor Gustavo Iturbe, ministro del Interior, graduado en economía en Harvard, autor de innumerables libros y artículos sobre políticas públicas, catedrático visitante en la Universidad de Yale, Premio Latinoamericano de Economía Política, Premio Nacional de Ciencias, era la persona que más se había beneficiado con la muerte de Navarro y la crisis del FPLN; en primer lugar, porque el ahora occiso era su principal contendiente para suceder al presidente Del Villar y, en segundo, porque hasta ese momento el Ministerio del Interior había ocupado un papel marginal en la vida política del país (las elecciones eran transparentes y los conflictos en los estados casi nulos), mientras que la reciente efervescencia de la guerrilla reanimaba sus funciones y la convertía en centro de gravedad de la política nacional. Ninguna de las dos cosas había sido provocada, aun lejanamente, por él, pero gracias a estos dos terribles acontecimientos —y a quienes, como yo, se dedicaban a difundirlos— su influencia, su posición y su poder crecían minuto a minuto. Ahora ese individuo que reía y me hablaba de la estupidez de nuestro entrenador nacional era, sin duda, el funcionario más influyente del momento y, si las cosas se mantenían así, pronto se convertiría en el candidato de la Unión Democrática a la Presidencia de la República. Nos despedimos sin ceremonias, pero tuve que prometerle que regresaría a verlo ("para seguir hablando de deportes") dos semanas después.

Tenía que encontrarla, tenía que hallarla a como diera lugar, era la única clave capaz de unir todos los cabos dispersos: la muerte de Ignacio y la del ministro, los atentados del FPLN y la creciente actividad del Ministerio del Interior; en ella, en esa mujer de la que sólo poseía el nombre, Marielena no sé qué, estaba también —ignoro la oscura razón— el fin de una búsqueda que yo había empezado sin conocer la causa, de una persecución que yo mismo había inventado y de la que ahora no podía escapar y que se había convertido en la parte más importante de mi vida, en *mi vida*. Marielena. Pero cómo dar con ella cuando no poseía ni un sólo dato suyo, cuando no tenía idea de cómo era —excepto por el lunar en el párpado derecho—, cuando mis únicas certezas eran que había sido amante de Ignacio, que era miembro de un grupo de amigos (la cofradía) y que acostumbraba frecuentar efímeros. Bueno, al menos me quedaban los efímeros. Quién más sino la pequeña y morbosa Azucena para guiarme por el laberinto nocturno que formaban esos antros, por los caminos invisibles que unían a las mismas personas en lugares distintos cada velada, por ese mundo de prostíbulos disfrazados, de orgías y drogas toleradas —al permanecer ocultas de día— por nuestra reluciente democracia. No fue fácil localizarla. Cuando al fin pude hablar con ella ("rapidito, mi vida, que estoy en la regadera y ya tengo que irme") me citó el viernes a la una de la mañana en el Vips de Polanco. Ese día me dediqué a beber y a perder interminables partidas de Tetris para acortar la espera. Al filo de la una de la mañana acudí al lugar de la cita; Azucena apareció cerca de las dos ("de seguro trae un kilo encima", pensé al verla), con un vestido rosa ajustado, una gorrita de los Dodgers y una mochila de piel, como de niña de escuela, que utilizaba como bolso. "¿Pero qué camión te atropelló, mi rey?", exclamó ensalivándose los dedos y peinándome; cada vez aborrecía más sus diminutivos. "Nada, nada", musité, restregándome los ojos. "Bueno, entonces vámonos…" Esta vez venía en un Chevy color rosa mexicano con todo y chofer ("se lo robé un ratito a un *amigo*", me aclaró con una risita pícara entre labios. "¿Me extrañaste, mi amor?", me preguntó. Los dos íbamos en la parte de atrás del Chevy, muy apretados, mientras el chofer lo manejaba como si fuese a llegar tarde a su entierro. "¿Por qué tanta prisa?", me quejé. "No es prisa sino emoción, gordis", terminó Azucena en tanto me desabrochaba los pantalones y comenzaba a lamerme las piernas; yo no resistí la tentación de besarle la nuca y las orejas. "Me haces cosquillas —chilló—: mucho ayuda el que no estorba", y regresó a su tarea hasta que el Chevy se detuvo intempestivamente en algún lugar de lo que me pareció la colonia Guerrero. "Oye —le dije al fin mientras ella se limpiaba los labios con la lengua—, ¿conoces a una mujer que se llama Marielena?" "Marielena Arévalo, Malenita Domínguez, Marie Helen, *la Chota*, sí…" "No, una Marielena que tiene un lunar en el párpado derecho y que frecuenta este tipo de lugares."

"Újule, mi rey, no tengo idea, pero podemos averiguar…" La música atronadora me impidió insistir: estábamos en una especie de galera oscura, muy amplia, con luces rojas y violetas en algunos extremos y una larga barra al fondo, sobre la que pendía una especie de mural en neón que mostraba un paisaje con árboles y un estanque; alrededor de nosotros, decenas de cuerpos desnudos o semidesnudos bailaban o hacían el amor o se masturbaban, rasgos apenas, brazos y piernas y nalgas cuyos contornos apenas se distinguían entre la tiniebla y el humo de los cigarros. "Este está peor que el último", le susurré a Azucena. "Este es el *hard* de moda, a lo mejor aquí encuentras tu lunarcito", me respondió mientras platicaba con un mesero (un *mago* vestido con *smoking* blanco) que sin recato le acariciaba una pierna. No tuve más remedio que escabullirme de ahí, fastidiado, como siempre que salía con ella, aunque a la vez nervioso, tratando de mirar los párpados de todas las jóvenes que pasaban frente a mí, esperando a que cerraran los ojos con la vaga esperanza de encontrar la marca que buscaba (como si fuese posible en medio de aquella oscuridad fosforescente). Pero ocurre con más frecuencia de la que suponemos que aquello que tanto anhelamos y deseamos y perseguimos está en realidad junto a nosotros, a nuestra merced, sólo que no nos damos cuenta hasta que es demasiado tarde, y entonces el tesoro se nos escapa y quedamos como al principio, vacíos, o en realidad peor, lamentando la estupidez que impidió apoderarnos de lo que ya era nuestro: una mujer tropezó conmigo mientras desarrollaba una especie de danza, en un movimiento convulsivo hacia atrás; cayó en mis brazos, más sorprendida que yo, como si hubiésemos ensayado un paso de ballet, y de repente ahí la tenía, su cabeza y su cabello lacio en mis brazos, su rostro apenas visible, la extrañeza en sus facciones bajo la luz roja. Aquel instante duró apenas lo suficiente para que ella parpadeara y dejara ahí, frente a mi pánico, la marca que la hacía reconocible (sólo para mí), la huella que la apartaba del anonimato y le otorgaba ese fatídico nombre,

Marielena Quién Sabe Qué, la amada de Ignacio, la clave, quizá, de todo aquel extraño engranaje. Creí verla sonreír, pero ella volvió a su posición erguida y me escupió un "fíjate lo que haces, pendejo", con un tono apagado, apenas perceptible —su voz era ronca y sin expresión—, antes de volver a la penumbra y a los movimientos rítmicos y al estruendo y a los brazos que sin tardanza la rodearon, arrancándomela. Era ella, no tenía la menor duda. Traté de recuperarme de la impresión al tiempo que intentaba seguirla: no podía perderla ahora que la había tenido entre mis brazos, debía cuidarla sin que ella ni sus amigos se diesen cuenta, agazapado entre la infinidad de cuerpos que se estremecían en aquel lugar. Me quedé a unos pasos, tomando un vodka, y en cierto momento me metí una raya: necesitaba mantenerme alerta, despejar mis pensamientos, abarcarla. Sólo entonces recordé que era la misma mujer que yo había visto en el otro efímero, rodeada por ese mismo grupo de amigos (¿otros miembros de la cofradía, en tal caso?), protegida y vigilada por ellos. Su danza cesó de inmediato, apuraron sus bebidas simultáneamente (una especie de brindis o ceremonia: eran las cuatro en punto), y se dirigieron a la salida. No me quedó más remedio que correr para alcanzar a Azucena (estaba en el otro extremo de la sala, a punto de desnudarse frente a una negra), arrastrarla hacia afuera ("¿qué te pasa, pendejo?") y llamar a su chofer para que, como en las películas, una vez dentro, yo le dijera: "siga a ese auto", refiriéndome a la 4x4 que los supuestos o reales miembros de la cofradía acababan de abordar, "y que no se den cuenta de que los seguimos". "¡Bravo, una persecución!", aulló Azucena todavía con una copa en la mano, tambaleándose junto a mí en el asiento trasero, con marcas de coca en la nariz y los labios; no tardó en desplomarse sobre mis piernas en tanto el chofer seguía diligentemente mis indicaciones. Después de un buen rato al fin la camioneta se detuvo en una esquina (y nosotros un par de cuadras más atrás): estábamos en una de las nebulosas calles de Nezahualcóyotl, ya muy lejos del centro de la ciudad (la basura que se apiñaba en las calles era suficiente indicio de la zona en que nos encontrábamos), justo a unos metros de un local cuyas luces eran lo único visible en aquel sitio: Servicio Médico Forense de la Zona Conurbada. Ahí entraron Marielena y los restantes miembros de la cofradía. Dado el lamentable estado de Azucena, le ordené al chofer que regresáramos a casa de la señorita: de cualquier modo, parecía que los cabos —por buena suerte o por fortuna— comenzaban a atarse solos.

Vivimos en una sociedad de imágenes multiplicadas, de eslabones de nosotros mismos que se suman unos a otros en medio de una proliferación interminable de abstracciones que se parecen a nosotros —o son, incluso, idénticas a nosotros— pero que no son *nosotros*. Estos aborrecibles espejos ensanchan el universo, expanden nuestros límites y nos muestran —horror de horrores— cómo podría ser el infinito: la suprema derrota de la identidad. Espejos reales, centelleantes y fatuos: la fotografía, el cine, la televisión, las computadoras. Espejos humeantes arrancados a los dioses pero que sólo nos engañan: creemos vernos en ellos, reconocer nuestros rasgos —ese soy yo—, pero en realidad nos convierten en monstruos: en *otros*. O quizá sea al revés, y eso sea lo que mayor espanto provoca: nos imaginamos de cierta forma, creemos ser de cierto modo, y el espejo nos desmiente y nos asusta. No es gratuito que los poderosos pretendan controlar todos los espejos: si a cualquiera le da pánico contemplarse tal cual es, el poderoso puede quedar destruido en el intento. El hombre de poder, que ha empeñado su vida en construir una imagen —que desde luego no la auténtica—, nunca estará dispuesto a dejarse ver tal como es, jamás querrá someterse al encanto de esos instrumentos infernales que muestran lo oculto, las sombras, los temores. Por eso los poderosos huyen de los espejos: se sienten aterrorizados frente a ellos, desnudos, impotentes; los evitan porque saben que su verdadera faz se reflejará en ellos como un vacío y un hueco, como una ausencia. Su verdad los nulifica. De ahí su empeño por controlar el flujo producido por esos medios diabólicos, su voluntad de distorsionarlos y corromperlos. Lo mejor es que la gente común piense que los medios siempre mienten, que ya no pueden confiar en ellos, porque entonces así los poderosos quedan a salvo, y a salvo nosotros de mirar sus verdaderos rostros.

Su charla alevosa, llena de circunloquios y malos chistes que sólo él festejaba, sus constantes referencias a conocidos comunes que yo no recordaba, y su aliento agrio, como a madera mojada, eran el precio que irremediablemente yo tenía que pagar por la información que iba a proporcionarme. Me encontraba en un oscuro cafetín de la colonia Roma, cerca de su trabajo, ni más ni menos que ante Filomeno Rivera, el cuñado de la esposa de mi primo (el hijo menor de mi tía Cesarina) y empleado del Semefo, a quien durante meses había evitado y a quien ahora no tenía más remedio que escuchar. Acaso él suponía que al fin podría haber un acercamiento entre nosotros, un inusitado acto de buena voluntad de mi parte, por lo que hacía todo lo posible para agradarme —produciendo los resultados contrarios—, como pagar la cuenta. Mi humor, en cambio, hacía las cosas más difíciles: apenas lo escuchaba y sólo trataba de interrumpirlo (sin mucho éxito) para hacerle las preguntas que me interesaban y salir de allí lo antes posible. Pero Filomeno no se daba por enterado, hilvanando su larguísima e insulsa charla, hasta que por fin (fue una casualidad que él tocase el tema) llegamos al punto de las desapariciones de cadáveres. "Ah, sí, también quería decirte que vi tu artículo sobre los hurtos —empezó a decirme justo cuando yo estaba a punto de desesperar—. La verdad, primo, no sé por qué no se te ocurrió llamarme para que te hablara del tema (siempre estoy muy atento a lo que escribes, nunca dejo de comprar *Tribuna*), y de lo que he visto en donde trabajo; no es que tenga información confidencial ni nada por el estilo, tampoco soy tan importante, pero uno se entera de cosas, y lo menos que puedo hacer es decírtelas para ayudarte con tus investigaciones. Mira, la mera verdad no creo que sean guerrilleros los que se roban los cuerpos, como que no va con su carácter ni con su estilo; los robos los han cometido en serie, sí, pero supongo que gente distinta, no los encapuchados esos que ya a nadie le hacen daño aunque anuncien el fin del mundo —el tipo también leía *El Imparcial*: por lo visto estaba más enterado del mundo de lo que su estúpida cara podía mostrar—. No quiero decir que tu artículo sea falso, primo, pero sí que estás tanteando un terreno que no conoces tan bien como la política —su pedantería era intolerable, pero me limité a murmurar 'no, eso tampoco lo conozco, primo'—. Pero yo puedo ayudarte, no porque sepa más que tú (desde luego) sino porque estoy ahí metido todo el santo día, y escucho muchas cosas." Lo interrumpí: "Entonces supongo que ya tienes una idea de quiénes son los culpables, ¿no es así, primo?". "No tanto así. Lo que sucede es que en un medio como el mío, en donde a diario estás en contacto con cadáveres —pronunciaba las palabras con fruición, como diciendo 'yo tengo algo que tú no tienes ni tendrás'— adquieres un temperamento distinto, te curtes, digo, aunque no quieras. Yo sé que tú, como periodista, también miras muchas atrocidades, pero créeme que no es lo mismo vivir con ellas diez o quince horas al día. Tú te mueves de un lado a otro, respiras el aire de la ciudad (por más contaminado que esté), mientras nosotros en cambio tenemos que respirar el aroma enrarecido de los cuerpos (el éter y los desinfectantes); tú te olvidas de los horrores que has visto, son apenas un fragmento de tu vida diaria, mientras que nosotros no podemos escapar al horror. Poco a poco los cadáveres se te vuelven familiares, dejas de considerarlos como desechos y al verlos a diario comprendes que quizás ya no sean seres humanos, pero que aún así continúan con sus propios procesos, cambian y se modifican. Los cadáveres no están muertos, primo, no son la muerte: en pocas palabras, aprendes a quererlos, a disfrutar su silenciosa compañía; el contacto prolongado con su olor, repugnante al principio, lentamente se convierte en algo familiar e incluso placentero. Los miras y te das cuenta de su belleza, esa belleza que han adquirido desde que son cadáveres y no personas, desde que adquirieron esa condición indeseada pero inevitable. Créeme, primo —no toleraba su estallido lírico, el torrente de palabras que escurría de su boca—, llega un momento en que te das cuenta de que sin ellos, sin los cadáveres que te acompañan a diario, no podrías vivir; comprendes que los necesitas (o será que ellos te necesitan y tú los consuelas) y que no puedes mantenerte lejos de ellos por mucho tiempo. Yo he visto a patólogos, médicos y estudiantes contándoles sus problemas a los muertos (que no lo son tanto), discutiendo con ellos como si fuesen sus mejores compañías, confiándose en ellos." El discurso de Filomeno crecía como un aluvión de palabras: sus manos danzaban sobre la mesa —casi temblaba—, con los ojos enrojecidos. "No puedes imaginarte lo que es convivir con un cadáver, no puedes —continuó, enfático—: yo los he visto, primo, yo los he visto, y nadie que no los haya visto podría creer lo que les sucede a algunos cuando están junto a ellos, es como si también necesitaran tu compañía (los muertos no quieren estar solos), llega un momento en que no logras resistir, en que te vencen (a mí no me ha pasado pero, primo, yo lo he visto). Son peligrosos, te atraen y te seducen con el hedor malsano que desprende su descomposición que apenas es tránsito. Y, bueno, si eso pasa con nosotros, los médicos, las enfermeras y los asistentes, imagínate lo que les sucede a las mentes que, por una causa u otra, entran de pronto en contacto con los cuerpos: se desquician, de veras, eso les pasa. Si no has sido entrenado para ello no puedes detenerte una vez que se ha iniciado, cómo decirte, el *romance* con la muerte. De veras, primo: algunos de plano no son capaces de sustraerse al embrujo, son seducidos, seducidos sin que haya remedio que les cure de esta enfermedad o este mal que les contagian los cadáveres… Ésos son quienes los roban, créeme, no los guerrilleros (vaya tontería, para qué iban a hacerlo, qué desperdicio, qué incomodidad): quienes los secuestran son sus admiradores, sus enamorados, los que sueñan con ellos, los que los veneran, qué horror, los que los resucitan."

La Catedral parecía una nave espacial inmensa desde que le colocaron las luces fluorescentes: un monstruo marino saliendo a flote desde las profundidades de la noche del Zócalo, una ballena multicolor en medio de la negrura de sus piedras, los focos permanentemente apagados de Palacio Nacional y los edificios que la circundaban, la plaza vacía e inmóvil cada noche —apenas, después de las diez, se podían observar algunos policías en vela, asustados por la soledad y el viento— desde hacía tantas noches. El asta bandera permanecía invisible, opaca, mientras los últimos automóviles huían ferozmente hacia sus casas o se refugiaban en los estacionamientos de bares y restaurantes. Como si en realidad existiera una prohibición, un toque de queda soñado o inventado a las diez de la noche, un trueno que sonase a un mismo tiempo en las cabezas de todos los habitantes de la ciudad: a partir de esa hora nadie estaba ya dispuesto a caminar por las calles, a ventilar sus pulmones, a mirar el firmamento sin estrellas ni luna, a recorrer siquiera unas cuadras de las estaciones del metro para dirigirse a sus moradas. Sólo unos cuantos vehículos recorrían veloces las calles, avenidas y periféricos de la ciudad (mientras cerca de las siete el flujo es imposible), sólo dispuestos a llegar cuanto antes e instalarse con sus familias frente a los televisores, incapaces de perderse uno solo de los capítulos de las *telenovelas interactivas* de cada velada (dos horas de duración en cualquier canal por cable con sistema IA). Antes la nocturna ciudad se vaciaba por el temor fundado de la gente hacia asaltos y robos, violaciones y descuartizamientos, acciones del FPLN y de la contraguerrilla, violencia de los cuerpos policíacos y de los *nunks* que rondaban con sus vestimentas estrafalarias las zonas de prostitutas y tráfico de drogas, pero ahora ya ni siquiera este miedo era real: la gente se ha acostumbrado a vivir en una ciudad diurna —las personas normales viven bajo la luz del sol—, y no les importa dejar a merced de unos cuantos noctámbulos o noctívagos el dominio de la noche. La ciudad era dos ciudades: una para aquellos que trabajan y estudian y se divierten, y luego regresan a sus hogares, lo más rápido posible, en cuanto atardece, y otra para los pocos que se atreven a confrontar las tinieblas, apiñados en antros y efímeros, la ciudad de los vagos, los bebedores y los ladrones, encerrados también en sus cuevas, y cuyos rostros se encuentran de vez en cuando bajo la bruma del amanecer. Una, la ciudad del progreso, del movimiento, de las aglomeraciones, de la democracia; otra, en cambio, la ciudad de la desolación, de las escapadas rápidas, del silencio, del vacío. Ahí estaba la Catedral sicodélica como único guardián de las correrías nocturnas, como vigía de los escasos merodeadores de aquellas horas. Sin embargo, aunque sus ventanas exteriores demostraran lo contrario —ni una sombra, ni un destello— en el interior de uno de aquellos edificios en apariencia huecos se ocultaba otra vida, la vida de la política y la muerte: en las amplias oficinas del Ministerio de Hacienda, en Palacio, se encontraban reunidos, después de sus horas de trabajo —que ahora terminan rigurosamente a las seis de la tarde: el propio presidente Del Villar se retira a escribir a esas horas—, los miembros del gabinete. Pocos saben que cada noche se instalan en este ritual extravagante: en vez de irse a sus casas para acompañar desde temprano a sus familias —como dicen—, acuden todos religiosamente a los territorios de Luciano Bonilla, ministro de Hacienda. Las amplias salas de Palacio se transforman otra vez en dominio de los poderosos, las zonas de oficinas perfectamente acondicionadas como comedores, estancias, baños y recámaras: una mansión privada para servicio de los verdaderos dueños del país, un tesoro nacional convertido, de nuevo, en el teatro donde se toman las decisiones fundamentales de la nación (y donde los ministros hallan un poco de distracción y gozo como pago por tomar tan arduas decisiones). El champaña y los bocadillos de caviar y salmón circulaban sin cesar, en contraposición con la imagen del ministro Bonilla comiendo tacos y quesadillas en un promocional televisivo para defender nuestra idiosincrasia (mi informante incluso anotó en su cuadernillo cuántos volovanes se come cada uno). Mientras tanto, en la sala oval (frente a un inmenso y espantoso retrato de Echeverría) otro espectáculo estaba a punto de iniciar: tres mujeres (una de las cuales era Azucena: mi fuente de información), especialmente contratadas para el patriótico acto, apenas vestidas con gasas verdes, blancas y rojas, apagaban un grupo de velas encendidas con sus partes pudendas, ante el regocijo de la mayoría y el aburrimiento de otros tantos que ya habían presenciado el acto infinidad de ocasiones antes. ¿Se trataba de una fiesta? No exactamente, o al menos ellos no la consideraban así: un escape, la atmósfera necesaria para liberarse de sus muchas responsabilidades: un remedio. Porque de cualquier manera, ahí entre los cuerpos de las mujeres y los jovencitos alquilados y el alcohol y la coca, se tomaban también muchas de las decisiones trascendentales para la sobrevivencia del régimen del presidente Del Villar (para esas horas de seguro dormido en su alcoba de Los Pinos), aunque él jamás se haya enterado. Acaso en aquella velada decenas de asuntos estén en juego, contrataciones y desplazamientos, políticas comerciales internacionales y seguridad pública, quién podría saberlo sino ellos, pero de lo único que con certeza se enteró mi informante mientras estaba, cómo decir, al lado, o abajo, del doctor Corral Morales fue que, sin el menor recato, él, uno de los mejores abogados del país, el pulquérrimo fiscal general egresado de Yale, ordenó "borrar" a un preso que decidió denunciar, tras una huelga de hambre, los actos de corrupción del penal federal de alta seguridad de Parras. Cerca de las cuatro de la madrugada un ujier fue de sala en sala y convocó a todos y cada uno de los ministros a un gran salón de actos; los desnudos se vistieron, las mujeres se volvieron a maquillar y peinaron sus cabellos revueltos, los muy borrachos se la bajaban con coca, pero con puntualidad perfecta a las cuatro todos y todas estaban ya listos, perfectamente dispuestos en sus respectivos lugares; al centro, el anfitrión permanente, doctor Luciano Bonilla, presidía. "Como cada jueves —habría dicho—, contamos con la presencia del doctor Alonso de Bernárdez." Ante el atronador aplauso, Azucena aprovechó para escabullirse a la parte trasera del salón y se escondió bajo una mesa de amplios manteles. Alonso de Bernárdez, un viejecillo que contrastaba con la vitalidad de los jóvenes ministros, vestido con un descarapelado traje gris, habría agradecido la ovación con una ligera inclinación de cabeza y un "gracias, amigos" apenas audible. Las luces se apagaron y una gran pantalla fue descolgada del techo: el anciano la hacía de expositor con una especie de varita luminosa. "Empecemos con usted, Mario [se refería al doctor Soberanes, ministro de Educación], si le parece bien", exclamó Alonso de Bernárdez al tiempo que en la pantalla aparecía una carta astral, diseñada por él, que procedió a explicar con todo detalle, sin que mi informante pudiese retener en su memoria ninguno de los bizarros comentarios del presunto astrólogo. Desde las cuatro hasta las cinco y media —según los datos de mi informante, la cual estuvo a punto de dormirse bajo la mesa— los ministros oyeron atentamente las explicaciones del astrólogo, quien pasaba de una carta astral a otra y resolvía, con base en sus esquemas estelares, todas las dudas que le presentaban los asistentes, desde sus maneras de actuar y comportarse hasta cómo vestirse uno cada día de la semana, desde problemas con el déficit público hasta las relaciones con Guatemala y Estados Unidos, y desde los modos de engañar a sus esposas hasta cómo descubrirlas si eran ellas quienes los engañaban. "Esto es conveniente o propicio, esto no, de esto no se puede afirmar nada", iba explicando el astrólogo con calma y parsimonia, alrevesando sus teorías y dándole consistencia a sus implacables consejos. La sesión habría concluido con una serie de aplausos que testimoniaban el entusiasmo que el viejecillo despertaba en los poderosos: las perspectivas para la semana en turno eran más halagüeñas que desalentadoras. Entonces los ministros se habrían levantado y se harían despedido con fuertes abrazos mientras el doctor Bonilla acompañaba al ilustre conocedor de estrellas hasta su automóvil (una limusina Mercedes último modelo). "Parece que ya sólo quedamos nosotros dos, le habría dicho Bonilla al ministro del Interior con un gesto que testimoniaba el macabro doble sentido de su afirmación. "Si tú lo dices." "Ambos sabemos que nadie se atrevió a hacerle a Bernárdez la pregunta crucial." "¿A quién de los dos va a preferir Del Villar ahora que está muerto Navarro?", ironizó Gustavo Iturbe. "No —respondió Bonilla, inexpresivo—, más bien qué va a pasar cuando se sepa lo de nuestra guerrilla inexistente." "Yo no inventé a *Gabriel*." "Al verdadero, no." "Bueno, Luciano, ¿qué pretendes?" "El fin a las hostilidades. Yo no compito contigo para la sucesión." "¿Y entonces cuál es el problema?" "Ninguno —Bonilla sonrió. Somos amigos, sólo quiero que lo sepas." "De acuerdo. Pero tendrás que demostrármelo: te pido que sacrifiquemos a Mercado." "¡Sabes que eso no puedo hacerlo!" "La amistad, el gran valor de la amistad." "Llámalo como quieras —Bonilla estaba a punto de exaltarse—. Mi respuesta final es no." "Entonces no hay más que hablar. Adiós —terminó Iturbe, antes de marcharse—, que tengas buen día." Antes del amanecer Palacio se encontraba, de nuevo, vacío.

Apenas podía concentrarme con tantos datos, tantos hilos que seguir, tantas pistas, de las cuales inevitablemente tenía que hacer una selección, la cual, por más pensada y cuidadosa que fuese, dejaría en el aire otras tantas posibilidades que tal vez resultaran determinantes para conocer las causas del destino de Ignacio Santillán, mi amigo de la escuela, mi sombra. Anoté, como si fueran asuntos separados, cada una de las cosas que, de un modo u otro, se relacionaban en esta, nuestra historia compartida (sirvan estos puntos como una concesión al thriller): 1. Ignacio Santillán y Alberto Navarro, ministro de Justicia, son asesinados en un cuarto de motel; 2. Aunque el gobierno no lo afirma de modo contundente, acepta *sottovoce* que los culpables del crimen son miembros del FPLN; 3. También se culpa a la guerrilla de un complot de robo de cadáveres; 4. Alguien involucrado en el medio forense (¡Filomeno!) piensa que la guerrilla no es responsable de los robos, sino gente común que se *aficiona* a los muertos; 5. Un amigo de Ignacio (José María Reyes, payaso) me habla de un grupo, la cofradía, al que él pertenecía al igual que su amante (Marielena Mondragón; señas de identidad: un lunar en un párpado); 6. Una noche, en un efímero (gracias a Azucena, cantante y puta) encuentro por primera vez a Marielena, custodiada por varias personas (¿integrantes de la cofradía?) y la sigo hasta un Semefo; 7. El ministro del Interior me cita en sus oficinas y, amable y democráticamente, me intimida. Algo no me gustaba (demasiadas coincidencias y demasiados puntos oscuros): si en realidad existía la cofradía, y sus actividades en ella eran lo oscuras que parecían, no era lógico que José María Reyes supiese de su existencia por más amigo que hubiese sido de Nacho, sobre todo cuando no conocía muchas de sus actividades normales. Conclusión: había que seguir al payaso.

Domingo, siete de la tarde: los últimos niños acaban de abandonar el salón (sería apenas una docena), que ha quedado vacío, semioscuro; José María Reyes, todavía con la nariz inflamada y los pantalones bombachos de rayas verdes y amarillas, recoge vasitos y platos de plástico, restos de gelatinas y pasteles y envolturas de dulces y chocolates que han quedado regadas por todas partes; yo me oculto en mi automóvil, estacionado en la acera de enfrente: es una ventaja que el lugar, en vez de paredes, tenga enormes cristales por todos los flancos (aunque, de cualquier modo, ¿quién iba a sospechar de un salón de fiestas para niños?). José María se encarga de barrer y luego dejo de observarlo (de seguro ha ido a desmaquillarse); al cabo de unos minutos sale con ropa de calle, apaga las luces y se encarga de cerrar meticulosamente el establecimiento antes de meterse a su coche. "Siga a ese automóvil", quisiera decirme a mí mismo de nueva cuenta, ya aficionado a los churros gringos que desde hace unos días me he dedicado a imitar; enciendo el motor asegurándome de que nadie se dé cuenta de mi presencia —me he disfrazado con una peluca rubia y ahora yo parezco el payaso dentro de mi vocho blanco—, y comienzo la carrera más espectacularmente estúpida de mi vida: mi perseguido avanza a toda velocidad, como si se le fuese la vida en ello, pasándose semáforo tras semáforo, virando en las calles menos pensadas, mientras yo trato de hacer lo propio sin que mis movimientos sean demasiado obvios. En un santiamén atravesamos la ciudad de un extremo a otro, el payaso vestido de civil y el civil de payaso, desde Pantitlán hasta San Ángel, hasta llegar —son las ocho de la noche: ya está completamente oscuro— a una callecita empedrada, no en la zona estrictamente residencial sino a un lado, cerca del Periférico; se detiene frente a una casa de cantera gris de dos pisos, mediana pero con el tamaño suficiente para ser considerada un lujo (ni con diez años de mi sueldo, pienso). Yo vuelvo a estacionarme a unos metros. La trama policíaca no podía fallarme a mí, experto en escándalos, y a los pocos minutos no tarda en llegar otro automóvil, esta vez un Chevrolet 98, del cual desciende un hombre calvo y trajeado —idéntico a Kojak o Yul Brinner en sus mejores años— que lleva del brazo (¡lo sabía, lo sabía!) a una mujer de vestido y chamarra de cuero negros que no puede ser otra que Marielena, la amante de Ignacio. Espero a que entren a la mansión (de *Los Intocables* he pasado a algo así como *Los Monsters*) para bajarme del coche y acercarme sigilosamente a la puerta; camino unos pasos, pero mi sigilo no ha de ser mucho porque, justo cuando estoy a punto de asomarme sobre la reja de hierro que oculta un minúsculo jardincito, un par de guaruras (ahora estamos en *El Padrino* o, más grave aún, en *Cara Cortada*) me detiene de improviso y me lanza al suelo. Tienen sus típicas gabardinas desgastadas y sus aún más típicas caras de bulldogs, lo que no obsta para evitar mi típico miedo; me levantan entre los dos y me conducen —no toco el piso— hasta la esquina, donde se dan vuelta (¡oh, oh, pienso, va a ser una de aquellas!). "¿Qué andas mirando, pendejo?", me grita Van Damme. "Muy cabroncito", secunda Terminator. Ni siquiera me dan tiempo de hablar; de inmediato siento los primeros puñetazos y las primeras patadas, luego todo se vuelve negro, muy negro: me insertan por la fuerza en las profundidades de la noche, una noche de la que no despertaré sino hasta muy tarde, lejos, en una miserable cama de hospital (a la que seguramente nadie irá a visitarme o, peor todavía, sólo Filomeno), odiando cada vez más a Nacho, a Marielena y a Navarro, y más a mí mismo que a ningún otro.

Acerté ciento por ciento en mis predicciones previas a la madriza: no tenía otra cosa qué hacer sino mirar televisión: estaba frente a mí, encendida todo el día; desde mi cama yo únicamente podía dedicarme a cambiar los canales, o de plano le bajaba el volumen, pero nunca tenía las fuerzas para apagarla. Era una especie de compañía inevitable, un lazo que me mantenía unido al mundo a pesar de las magulladuras, los moretes y el cuarto de hospital del que había intentado escapar en dos ocasiones sólo para ver frustrada mi huida con los ruegos y los regaños de las enfermeras. Doscientos-no-sé-cuantos canales para escoger (sólo en semejantes circunstancias, siendo televidente obligado, uno tiene la paciencia de contarlos, de pasar la vista por ellos al menos unos instantes) y, sin embargo, mi aburrición pronto cedía a la somnolencia. Me encontraba en un estado letárgico, entre la vigilia y el sueño, obnubilado por las voces y las imágenes que salían del aparato y los medicamentos que me prescribían, sin darme cuenta de la hora: cada canal tenía un reloj del lugar donde era transmitido: cerca de diez husos horarios. La televisión me sumergía en cientos de hechos inconexos y a la vez idénticos: no había diferencia entre mirar las vísceras esparcidas de un combatiente en Zambia y la sangre derramada de un personaje de telenovela, entre los tanques que aplastaban una manifestación en Turquía y los barcos que arrasaban un puerto en una serie china (de gran éxito, por lo que sé): verdad y ficción son ya, desde hace unos años, términos en desuso, apenas existe diferencia entre una cosa y otra, o quizá lo que se ha borrado completamente sea la palabra ficción, que suena a mentira, a engaño, a timo. Ahora todos los lectores y televidentes y cinéfilos sólo están interesados en historias *verdaderas*, en recreaciones de hechos, imitaciones de la realidad. Nos enfrentamos a un neorrealismo implacable: sólo le creemos a un actor si sabemos que está repitiendo una escena auténtica, y resulta aún mejor si podemos descubrir en la pantalla lágrimas, sangre y dolor auténticos (o que nos han dicho que lo son), es decir, si los actores actúan sus propios sentimientos frente a las cámaras. La fantasía parece proscrita, la imaginación prohibida: para qué tales evasiones cuando se puede echar mano de protagonistas verídicos, sujetos que tienen sus propias pasiones y están deseosos de manifestárnoslas —exhibicionismo máximo— a millones de espectadores que los vemos sufrir y morir y desangrarse desde la comodidad de nuestros hogares (¿cómo no he de saberlo yo, que contribuyo desde la prensa a comercializar el mismo fenómeno?). Al fin detuve el torbellino de canales, más por casualidad y hartazgo que por una elección determinada: ante mis ojos, indiferentes al principio, seducidos después por el escándalo (sí, el escándalo y el morbo), desfiló la imagen de Belinda Santos, una de las conductoras de los antiguos reality shows: una puertorriqueña de Chicago, de largas y esbeltas piernas morenas que distraen la atención de su inglés macarrónico y su maravillosa estupidez rampante. Sólo la había visto dos veces antes de esta. En una, entrevistaba a una mujer casi obesa que le había cortado la lengua a su marido por haberle sido infiel con una modelo que anunciaba cervezas (supongo que pensó, bíblicamente, que había extirpado el primer órgano del pecado); después de que la cercenadora habló, el marido, que seguía viviendo con ella, relató cómo había aprendido a hablar a señas (traducidas con letreritos en la pantalla que decían cosas como: "lo que más lamento es no poder besar a mi esposa como antes"). En la otra, un par de ancianitos, acompañados de sus nietos y bisnietos, daban consejos prácticos para mejorar la eficacia del *cunnilingus* (¿sería acaso una obsesión de la conductora?). Pero en esta ocasión el tema era menos frívolo o más macabro: un par de encapuchados, temerosos de ser reconocidos, hablaban sobre las bondades de la necrofilia. "Necrofilia", explicaba Belinda con su horrible acento, "según Freud (pronunciado Froi), es la perversión sexual consistente en obtener el mayor placer sexual con cadáveres", y luego le pedía al primer incógnito (al menos podía deducirse que se trataba de un hombre relativamente joven) que explicara con el mayor detalle posible, pero sin utilizar términos obscenos, cómo practicaba su "afición". El sujeto, con una voz distorsionada por computadora (como si R2-D2 hablase de necrofilia), se extendía sobre el calor que conservan los cuerpos al morir y el gusto que le proporcionaba arrancar un poco más de vida de un cuerpo muerto; en ese momento Belinda lo interrumpió y pasaron cinco minutos de comerciales (una nueva línea de muñecas y otra de juegos de video: el día del niño no estaba lejos). De regreso, Belinda se dirigió al otro sujeto, que resultó ser una mujer (se le veía el busto, a pesar de que la computadora distorsionaba su voz como si estuviese hablando Darth Vader); de inmediato se puso a hablar de las causas fisiológicas del *rigor mortis* y de las ventajas que esto reportaba para cualquier necrófilo hetero o bisexual: "Imagínense un cuerpo que no se cansa ni se agota", dijo con una lubricidad pornográfica que permeaba su tono de robot ronco. La parte más interesante, o la que más me interesó a mí, fue cuando, después de inútiles y anodinas exposiciones de una psicóloga sexual nada sexy, la conductora les preguntó a sus invitados cómo obtenían sus objetos de deseo. La mujer Darth Vader estaba a punto de contestar cuando, dando un portazo, Azucena, vestida como azafata de avión comercial, se introdujo en mi habitación. "¿Qué cochinadas andas viendo? —fue lo primero que me dijo, mirando la tele de reojo—. ¿No te basta con las que escribes? —y la apagó; ni siquiera me dio tiempo de reprochárselo—. Ahora dime, ¿quién te hizo esto, bebé? ¿En qué culo te metiste ahora?" Demasiadas preguntas para un solo momento. No me dolía nada, pero puse cara de moribundo, como si me costase trabajo hablar. "Pobrecito mío —continuó Azucena—. Ten, te traje unos chocolates —sacó una bolsita y la puso sobre el buró—. A ver, déjame verte bien…" Me apachurró los cachetes, me tocó la frente para ver si tenía calentura y, tras comprobar que no, empezó a acariciarme el cuello por debajo de las sábanas. De eso a meter su mano hasta mi sexo y manipularlo no hubo mucho trecho: ahora sí me dolían las piernas y cuando por fin mojé sus dedos (que limpió en la bolsa de su saquito azul marino) ya me encontraba completamente agotado. "Estoy segura de que pronto estarás mejor", terminó, me dio un beso en la frente y se fue con la misma rapidez con la que había entrado. Busqué el control remoto pero, antes de que pudiese hallar de nuevo el canal de Belinda, escuché unos golpecitos en mi puerta. "Adelante", dije apenas. Era —vaya sorpresa— mi padre. "Hola, papá, qué gusto", le dije sin ocultar la ironía. "Supe que estabas aquí", me respondió con su tufillo diplomático de siempre. "Gracias: ya viniste, ya viste lo jodido que estoy, adiós." "¿Por qué siempre has de ser tan grosero?" Se sentó en la cama como si nada; era el mismo viejo terco y resentido de siempre; ahora se desempeñaba como coordinador de asesores de no sé qué funcionario menor que podría haber sido su nieto. "Ya lo sabes, Agustín, los padres sólo sirven para una puta cosa: darnos consejos lo suficientemente buenos como para que los odiemos por ellos. Así que aquí estoy de nuevo para hacerte el favor." "Ahórratelo, papá. Prefiero tener mis propios motivos para odiarte." Su bigote entrecano y su marcado acento sinaloense me repugnaban: ambos empezó a usarlos cuando fue secretario particular de un norteño que llegó a subsecretario. "Te estás metiendo en honduras —continuó imperturbable. Allá tú si quieres convertirte en coladera." "¿Y desde cuándo te importa tanto mi salud?" "Toda la vida —se burló—. Mira, como sabes, yo ya tengo mi experiencia en estas cosas, he sido de todo en el pinche gobierno, desde ayudante hasta secretario de un subsecretario y director adjunto en una paraestatal, y he estado con los del viejo régimen y ahora estoy con los del nuevo: conozco de esto más que tú, Agustín, créeme. Y te voy a decir una cosa, una sola: a lo largo de todos estos años, de tantos y tantos puestos, de ver subir y bajar a la gente, sólo he descubierto una ley infalible que no admite excepciones. Te la voy a decir y espero que te sirva —gozaba con su tono admonitor y grandilocuente, como si al fin tuviese la oportunidad de darme algo verdaderamente valioso—: En política siempre ganan los malos. *Siempre*. Así que ándate con cuidado." El viejo sonrió, agitó su bigote, se levantó de mi cama y, antes de irse, me dio unas palmaditas en el hombro. Cuando al fin pude encender la tele, el programa de Belinda había terminado.

A lo largo de todos estos años, de tantos y tantos puestos, de ver subir y bajar a la gente, sólo he descubierto una ley infalible: ¿por qué diablos había aparecido mi padre después de años de no hablarme, cuando ni siquiera en Navidad o en nuestros cumpleaños nos llamábamos, cuando evitábamos encontrarnos en reuniones familiares sabiendo que ambos nos detestábamos de la misma manera porque cada uno, a su modo, era la representación exacta de lo que el otro había querido para sí y nunca había logrado?; *sin excepciones*: la muerte de mi madre había terminado por distanciarnos completamente (antes al menos coincidíamos en el hospital, mientras ella sufría su larga y demorada agonía), éramos como dos extraños, él siempre preocupado en complacer a su jefe en turno con toda clase de atenciones y nosotros, mi hermana, mi madre y yo, aguardando inútilmente su arribo —al salir a la escuela por las mañanas él aún no se levantaba y cuando él llegaba por la noche nosotros ya estábamos dormidos—, él obsesionado con el trabajo, del cual no parecía cansarse jamás aunque nadie reconociese sus méritos, y nosotros, solos, sin obtener de su bondad otra cosa que el dinero que nos llegaba desde lejos, como si viviese en otro lugar, en otro país o continente; *en política*: según su particular concepción de la vida, en todos los ámbitos, en la familia y en la oficina, en los deportes y con los amigos, la injusticia es invariablemente la campeona, nunca se reconoce el verdadero esfuerzo, nunca se premia a quienes lo merecen; así lo sintió también cuando por fin mi madre se decidió a dejarlo: el pobre nunca alcanzó a entender las razones de ella, se le hacía una locura, una torpeza, él era bueno, inmensamente bueno, y su esposa no podía hacerle eso, él siempre había cumplidos sus obligaciones, o qué no, sin serle infiel ni nada por el estilo, entonces, ¿por qué lo abandonaba, por qué lo abandonábamos?; *siempre ganan los malos*: mi padre dándome un consejo después de tantos años, de tanta ausencia, ¿sería la vejez la que lo hacía arrepentirse?, esta actitud no iba con su carácter, más bien, como en todos sus actos, pensó que era su obligación venir a dármelo, decirme que me cuidara y que estuviera prevenido, su modo disculparse por la distancia, suplantándola ahora con una protección que me brindaba sin necesidad de comprometerse. Y para ello me hablaba de lo único que sabía, de lo único que le constaba porque en ello había derrochado su existencia: *en política siempre ganan los malos*, los buenos no, a esos se los lleva la chingada, siempre, pobrecitos miserables que piensan redimir al mundo, que el país puede mejorarse desde adentro del sistema, que se sienten patriotas y comprometidos con los problemas de los demás, de los desprotegidos, de los menesterosos; pobres ilusos, esos invariablemente pierden, no tienen la menor oportunidad de triunfar en el interior de un mundo que se rige con otras leyes, con una sola y permanente norma: la fuerza. Y venía a decírmelo en el momento de mayor esplendor y paz y armonía de nuestro país, cuando al fin nos encontrábamos en la democracia, cuando la transición había sido pacífica y todos (el 74% de la población que votó en ese sentido, al menos) estaban contentos con el desempeño limpio y honesto del presidente Del Villar; y me lo decía a mí, que soy un sucio amarillista —así me llamó en una ocasión—, él que, en cambio, representaba al prototipo del hombre del sistema, la base de la pirámide que sostenía a la nación desde hacía cuarenta años. El poder corrompe y el poder absoluto corrompe absolutamente: ¿era necesario utilizar más lugares comunes? *Siempre.* Como si me leyeran el pensamiento volvieron a tocar la puerta: era un chiquillo que apenas podía divisarse detrás de un inmenso ramo de flores; "esto es para usted", dijo con la respiración entrecortada. Le di unos pesos y se retiró mientras yo abría el sobrecito: una carta con el escudo del Ministerio del Interior, el cargo tachado con pluma, la inscripción "Con los atentos saludos de Gustavo Iturbe" y, con una perfecta letra de molde: "Esperando su pronto reestablecimiento, su amigo". Sin excepciones, en política siempre ganan los malos: desde luego. En ese momento tomé la decisión, no tuve necesidad de pensarlo mucho, ni de medir las consecuencias, era una especie de intuición, una fuerza que vino de mi interior y a la cual no podía sustraerme; me vencía a mí mismo, como si, acaso sin darme cuenta, sin verlo, vislumbrara el futuro, como si me jugase toda mi fortuna en una sola carta que ahora por propia voluntad ponía en movimiento; sólo actuando podría darme cuenta de la magnitud de las fuerzas que se habían desatado desde los homicidios de Nacho y del ministro de Justicia, sólo así podría saber hasta dónde yo iba siguiendo la pista correcta, hasta dónde estaba involucrado en los acontecimientos y de qué modo mi actual estado físico —los golpes y los rasguños aún se manifestaban en los diversos tonos de mi piel— dependía de mis investigaciones. Era una forma de probarme, de tentar a los demás actores de la contienda, de indicarles —fueran quienes fuesen— cuáles eran mis ventajas. Tomé una hoja de papel y anoté el título de mi siguiente colaboración para *Tribuna del escándalo* (después de publicarla ya sólo me restaría esperar):

Secta satánica involucrada en el asesinato
del ministro.
Ignacio Santillán, presunto miembro
de adoradores de la muerte.

La casa de Joaquín Mercado es amplia, a lo largo de sus dos pisos se apiñan numerosos cuartos y salas *art déco* con infinidad de adornos, tibores y esculturas, remates y celosías, figurines y cuadros —todo, excepto espejos— que la hace parecer una especie de museo o colección privada, no siempre del mejor gusto, cuya característica principal es agrupar objetos raros, antiguos y decididamente inútiles; las alfombras y los tapetes persas se extienden en cada recámara, la madera rojiza forra los muros en los que hay incrustadas decenas de vitrinas y aparadores donde descansan las meticulosas colecciones del empresario: una de muñequitas de plomo, todas desnudas y pintadas a mano, y otra de pequeñas reproducciones de pinturas famosas en pequeños platitos de porcelana, hechos bajo pedido (desde la *Gioconda* hasta Orozco). Hay también lámparas de pie y candiles, mesas, cómodas y sillas de diseños caprichosos y extravagantes —como la personalidad de su dueño— y, al final de la casa, un gran jardín de fresnos que rodean una pequeña fuente de cantera rosa y una cabañita íntima al fondo. Mercado es el principal accionista y gerente general del consejo de administración de Industrias Merca-sa sa de cv, el gigantesco consorcio que maneja, entre otras cosas, la concesionaria que se encarga del servicio nocturno de limpia y de los productos alimenticios Bolín, en cuyo catálogo destacan dulces de almendra y chocolates rellenos de acitrón, algunas botanas y otras golosinas. "Nuestra empresa es endulzarle la vida", reza el lema de Industrias Mercasa en las fachadas de cada una de sus instalaciones en Guadalajara, Saltillo y Toluca. Mercado es viudo (su esposa, Margarita Lagarde, murió de leucemia hace cinco años), padre de cinco hijos, y abuelo de ocho nietos (sólo la hija menor, Sofía, permanece soltera). Es, decididamente, un empresario, un padre y un jefe ejemplar: así lo describen sus familiares, sus amigos y sus empleados, constantemente beneficiados por sus desplantes de generosidad. Tiene 58 años, practica natación y tiro al blanco, y se le nota vigoroso como a un toro ("ya quisiéramos nosotros la energía que posee", dice siempre Jorgito, el mayor de sus nietos). Mercado está ahora sentado en su despacho, detrás de su escritorio de caoba y, bajo la luz de una lámpara dorada con pantalla de obsidiana, escribe una carta a alguno de sus incontables amigos (los tiene en todos los medios, el gobierno y los sindicatos, los intelectuales y los artistas de la televisión), cuando un sirviente lo interrumpe. "¿Lo pusiste en la salita uno?", le pregunta Mercado al anacrónico mayordomo. "Sí, señor." "Ofrécele lo de siempre." El sirviente se retira y Mercado vuelve a concentrarse; con parsimonia cierra la pluma, dobla el papel y mete todo en un cajón. Después abre la puertecita que lo separa de la salita uno y hace pasar a su invitado. Mi querido Luciano, qué gusto que vengas a ésta, tu casa, siéntate, ¿quieres otra copa?, no gracias, Joaquín, Ah, qué ministro, siempre trabajando, ¿verdad?, no hay de otra, ya sabes, pues sí, mano, en qué puedo servirte, ¿qué era tan urgente? "Voy a tener que pedirte otro favor —le dice el ministro—. Una pequeña molestia…" "¿De qué se trata?" "Del periodista que tus amigos golpearon la semana pasada,

Agustín Oropeza…" "¿El de *Panfleto del escándalo*?" "*Tribu-na*…" "Yo no di la orden, ya te dije que los guaruras actuaron por cuenta propia." "¿Viste el artículo que publicó esta semana?" El ministro se saca de la bolsa del saco un juego de copias fotostáticas dobladas como servilletas y se las entrega al otro. Mercado las va leyendo poco a poco; su rostro se desencaja con una carcajada. "¿Quién le daría esta información?" "Eso es lo de menos: yo creo que está tanteando —la voz de Bonilla se mantiene firme—. Ha llegado el momento de tomar otras medidas. Incluso va a resultarnos útil." "Lo siento, Luciano, yo ya no quiero meterme en estas cosas." "Estás metido hasta el cuello, Joaquín, y eso desde que decidiste apoyar a Navarro —ahora Bonilla trata de parecer sutil—. Ahora no estás en posición de negociar conmigo." Mercado da vueltas nerviosas a lo largo de la pequeña habitación. "¿Qué quieres?", dice. "Te explico —continúa el ministro de Hacienda, imperturbable—. Ah, por cierto: no vuelvas a hacerme esperar cuando venga a verte. Ya no son los tiempos en que Alberto te protegía."

La primera reacción llegó, como suele suceder, de donde menos lo hubiese imaginado: había encontrado muchas reticencias de parte del editor de *Tribuna*, pero me debía demasiados favores —y yo sabía demasiadas cosas sobre él— así que terminó cediéndome un espacio para el artículo. Aunque supuso que lo escrito por mí iba a molestar a más de un alto funcionario, no consideró que el suceso llegase a mayores consecuencias: no se trataba más que de una nota amarillista entre miles, aparecida en uno de los incontables tabloides similares que circulan a diario en el país. La edición se vendió muy bien. En la primera semana (para entonces yo ya me encontraba de nuevo en casa) no hubo ninguna muestra de interés por parte del gobierno (la libertad de expresión continúa, me dijo el editor, satisfecho) o de otros grupos; tal vez la golpiza había sido un escarmiento por adelantado. A la segunda semana sin noticias fui yo el que empezó a impacientarse; como hacen muchos colegas, mi reportaje había sido escrito tratando de encontrar destinatarios específicos: los escasos lectores que tendrían elementos suficientes para interpretar lo que yo narraba, y que sin duda estarían interesados en hacérmelo saber, bien para colaborar conmigo o más seguramente para amedrentarme de nuevo, que era justo lo que yo quería: reconocerlos, saber contra quiénes luchaba. Sin embargo, el silencio se prolongó: ningún indicio de unos u otros. Me habían ignorado a pesar del revuelo que, al menos entre los lectores de *Tribuna del escándalo* —que no son pocos—, se había desatado. No obstante, como he dicho, las reacciones vienen de donde uno menos las espera: una noche me encontraba en casa, convaleciente —es decir, acostado en la cama, entre frituras y coca-colas, viendo el programa de Belinda, que en esa ocasión trataba de hombres que han engañado a sus esposas con sus suegras— cuando sonó el timbre. Me levanté a abrir sin siquiera ponerme una bata (estaba en pijama y descalzo) y lo primero que vi fue un rostro blanquísimo con nariz enrojecida y enormes ojeras azulosas: era José María Reyes en persona, con su disfraz. Me sonrió con la sonrisa diabólica y estúpida que tienen todos los payasos y se limitó a decirme: "Acompáñame". Y así, sin más, sin darme tiempo para cambiarme de ropa o siquiera ponerme unos zapatos, el payaso me metió en la parte trasera de una camioneta blanca que tenía su enorme rostro dibujado. No opuse resistencia: se trataba de un payaso bastante corpulento, pero mis motivos en realidad eran otros: a fin de cuentas yo mismo había estado esperando que algo así me sucediera. De cualquier modo, supongo que para evitarse problemas, me dio un cachiporrazo en la frente que, si no hizo que me desmayara, al menos me aturdió bastante. "¿Adonde vamos?", fue lo único que se me ocurrió decir una vez adentro, desde el piso de la camioneta, mientras él arrancaba el coche y comenzaba a manejarlo con su descuido y velocidad conocidas. "Al infierno", me dijo con un sarcasmo difícil de entender; luego calló por completo y no volvió a dirigirme la palabra a lo largo del camino. Apenas podía mirar desde el suelo, a través del parabrisas, las calles que atravesábamos, el resto del vehículo completamente cerrado y las greñas verdosas de José María balanceándose de un lado a otro. De cualquier modo, en medio de la turbación, traté de concentrarme en las avenidas que atravesábamos, las vueltas que dábamos, la calidad del asfalto que se mantenía debajo de nosotros. De acuerdo con mis cálculos debíamos estar en Chapultepec; José María se detuvo un momento (¿frente a un semáforo o una patrulla?), y aprovechó para darme un golpe más desde su asiento. Cuando empezamos a brincar por un empedrado alcancé a darme cuenta de que, ahora sí, estaba a punto de perder el conocimiento. Que un payaso estuviese llevándome al infierno era algo que entonces, antes de adormecerme, me pareció realmente apropiado.

De algún modo tengo que contar lo que sigue, la enorme elipsis que contiene mi historia, el vacío doble que va desde la oscura juventud de Nacho hasta su horrible y oscura muerte hace unos meses, y aquel otro vacío que llevaba a Alberto Navarro desde sus primeros puestos en el gobierno hasta el asesinato en aquel cuarto de hotel o motel. He de robar una voz que no es la mía, suplantar los términos como si me pertenecieran, contar cosas que nunca vi ni conocí de cerca en su momento, cuando sucedieron, y que, por tanto, no me constan ni resultan comprobables, apelando a una connivencia, a la buena fe de quien me lea —me traiciono como periodista—: se trata, acaso, de un testimonio ofrecido a mí en circunstancias que ya ni siquiera puedo creer ciertas, una narración basada en suposiciones y juicios parciales, una visión apenas verificable pero necesaria para aclarar, al menos un poco, los sucesos actuales. Se trata de la transformación de Ignacio Santillán y Antonio Navarro —su renacimiento—, del tiempo que los hizo ser lo que eran justo antes de convertirse en lo que nunca pretendieron: en cadáveres. Lo cuento, sí, bajo mi estricta responsabilidad, asumiendo el peso que representa, dispuesto a sufrir y atormentarme por lo dicho —las palabras también matan, sepultan—, desafiando, más que con cualquiera de los reportajes amarillistas que he escrito para *Tribuna del escándalo*, las fuerzas que por encima de mí pueden desatarse y destruirme, acallar mis palabras y borrar mi imagen de por sí nunca demasiado valiosa (¿quién habría de llorarme?), arriesgándome y apostando por el establecimiento, cínico pero también justo, de la verdad. La vida de Nacho, es cierto, parecía remitirse a un solo y único tema que lo había obsesionado desde niño: la lucha, colisión o armonía entre la luz y la oscuridad, la luz que él veía y que le estaba vedada a sus padres, la relativa oscuridad del cine y la luminosidad del desierto. Aquel mítico viaje en automóvil a Sonora y Arizona fue el último de sus arrebatos del que yo tuve noticia; sin embargo, haciendo memoria, lo cierto es que el origen de aquella aventura era bastante más lejano de lo que supuse en un principio. Desde que estábamos en la escuela hablaba de lanzarse en una aventura que, según él, valiera por el trayecto y no por los resultados ("lo que importa es el camino, no la meta", decía con un convencimiento del que dudábamos), así que cuando se enamoró de la cantante, Eugenia, y ella estuvo lo suficientemente loca para secundarlo en sus devaneos, a Nacho no le fue difícil dejarlo todo (la escuela de cine, su trabajo y la Facultad de Arquitectura) para iniciar aquel viaje disparatado e inútil. La tal Eugenia, a la que no he podido encontrar, era dos o tres años más grande que Ignacio; él la conoció en un bar (lo fascinó su rasposa interpretación de "Aquellos ojos verdes"), apostó con el amigo que lo acompañaba entonces a que la conquistaría, se levantó y, en medio del escenario, se arrodilló frente a la efímera diva y le declaró su amor. Supongo que a Eugenia, una muchacha de temperamento extraño, introvertida y ruda, de una espinosa ambivalencia sexual, el gesto se le hizo lo suficientemente estúpido como para acceder a tomar una copa con su patético enamorado. La cantante era aún más interesante (en el vocabulario de Nacho, "más rara") de lo que él imaginó al oírla: pertenecía a una familia de clase media, había estudiado en un colegio de monjas ("esto nos pasa a todas") y todo su mundo giraba en torno a la cábala, el tarot y la taumaturgia, cuyos dictados seguía al pie de la letra. "La semana pasada", le dijo a Nacho, "mi carta fue La Rueda de la Fortuna, que ahora se presenta aquí, contigo." Eso bastó (más unas cuantas noches juntos) para que idearan un plan de viaje. Él vendió todas sus cosas, decidió no decírselo a nadie, y se compró un Impala azul, viejo pero en buenas condiciones, para conducirlos a su no destino. No obstante, todo indica que la mujer se hartó del reto al llegar a Nogales (o quizás una nueva carta le indicó permanencia), por lo que ahí mismo se bajó del Impala, accedió a los galanteos de un norteño y terminó firmando un contrato para cantar en un local grupero. "Lo siento, mi vida", le explicó a Nacho, "los astros han cambiado". Y así fue. Él decidió proseguir el viaje solo: a fin de cuentas, se lo había repetido una y otra vez, lo que importaba era el trayecto, nada más. Cruzó la frontera, convencido de que iba a traspasar el primer umbral de su camino iniciático, contento de haber escapado de Eugenia: aquella mujer sólo representaba las tentaciones del mundo. Al principio recorrió carreteras de pueblo en pueblo, pero después, radicalizando su búsqueda, que no lo era, se deshizo de mapas y guías y condujo hasta donde se lo permitía el combustible. No llegó muy lejos: su tercera incursión por el desierto ("los reflejos asesinaban") lo llevó a perderse en un tramo en el cual sólo se veían rocas, un cielo blancuzco y el sol inmarcesible; al poco tiempo tuvo que abandonar el Impala (el calor lo había averiado), tomar algunas provisiones y el agua que tenía, no mucha, y emprendió el camino a pie. "En esos momentos supe lo que era vivir en medio de la luz. Me quemé, me convertí en otro, me volví ciego como mis padres", reconoció días después, al despertar en un hospital de Phoenix. Había estado a punto de morir: la insolación, la deshidratación y el cansancio lo derribaron a mitad del camino hasta que, por casualidad, ya en la noche, un solitario conductor lo divisó en medio de la carretera y lo llevó al pueblo más cercano, de donde fue trasladado, todavía inconsciente, al sanatorio en el cual despertó dos días más tarde. La experiencia fue literalmente *deslumbrante* para Ignacio: una paradójica forma de iluminación que lo hizo aborrecer la luz como nunca antes y refugiarse, a partir de entonces, en las sombras (el exceso de calor o luminosidad le producía malestares físicos y psicológicos). Había fracasado: seguiría perteneciendo al territorio de sus padres, a la noche. Había fallado, acaso sólo probado lo que sabía desde el principio: si quería vivir, debería ser en las tinieblas de sus orígenes. Tras un corto periodo de convalecencia, Nacho regresó a su casa a través de interminables viajes nocturnos, en ferrocarril o en camiones de tercera (no tenía un peso: le escribió a su madre para que le mandara un giro), en una especie de recorrido inverso que intentaba cancelar al anterior; los días los pasaba en destartalados moteles y las noches las utilizaba para trasladarse y ganar energías. Cuando al fin llegó a la ciudad, sólo una idea tenía en la cabeza: reintegrarse a la penumbra.

Mientras tanto, Alberto Navarro al fin había conseguido lo que quería, lo que siempre había deseado, por lo que se había preparado y había trabajado y sufrido durante tantos años —su sueño, su anhelo cumplido—: ahora era miembro del gabinete del presidente de la República y quien más influía en el anciano presidente Del Villar, lo cual lo convertía en uno de sus virtuales sucesores. Alberto poseía una personalidad curiosamente ambigua: por un lado, cuanto decía y *predicaba* —ésta era la palabra que usaban para describir sus discursos quienes trabajaban de cerca con él—, estaba siempre referido a una auténtica concepción de la justicia; nada parecía preocuparle más, por nada se esforzaba tanto, como por lograr que este ideal se extendiera de un lado a otro del país, sin límites de edad, sexo o condición económica. La limpieza y la honestidad eran sus únicas herramientas y nadie, luego de su horrenda muerte, dudó de ellas: el ministerio había sido creado para él con el fin de darle los medios necesarios para llevar a cabo su proyecto. El presidente Del Villar reconocía su talento, su eficacia y su coraje, tres virtudes que no dejaba de mencionar al referirse a él. Así, de pronto, la confianza de la nación quedó depositada en este hombre que ocupaba por primera vez un puesto público. Por otra parte, los actos del nuevo ministro invariablemente estaban revestidos de una convicción política que lo convertía en un hábil negociador y, sobre todo, en un espléndido constructor de su propia imagen. No es que esto disminuyese sus méritos, simplemente se trataba de reconocer en su carácter, asimismo, talentos que se encontraban escondidos para los demás (incluido, quizá, el propio Del Villar): su prudencia, su sentido de la oportunidad y su conocimiento de las reacciones de amigos y adversarios. Su colección de insectos se había convertido en una colección de seres humanos que él clasificaba y ordenaba con idéntica meticulosidad (y no hay ganas de desacreditarlo con semejantes juicios). El flamante ministro de Justicia inició su gestión reorganizando la administración de su campo, y para ello no dudó en acabar con los lastres del sistema, sin importar componendas, rezagos o el poder acumulado de sus detractores: con un solo golpe espectacular logró lo que no se había hecho en años: alzarse con la confianza pública para limpiar al sistema de cualquier vestigio de corrupción e ineficacia. Los medios lo perseguían entonces cada vez con mayor insistencia, su rostro comenzó a aparecer a diario en televisión y sus palabras se difundían ("la poesía de sus discursos", según sus admiradores) en todos los medios; ni siquiera el presidente Del Villar, siempre tan reacio a aparecer en público, poseía la repentina popularidad de Navarro. El académico serio y el funcionario responsable, lemas de campaña del equipo de Del Villar, y artífices de la transición democrática, hallaban su máxima expresión en el rostro oblongo y los anteojos cuadrados, el brazo siempre en movimiento y la mirada impenetrable del ministro. Pronto sucedió que Navarro, tras esta primera victoria —el triunfo sobre la desinformación—, quedó protegido como si viviese en el interior de una esfera de cristal; de este modo, afuera, a la vista y los oídos de todos, existía una figura, la del ministro de Justicia, la efigie que él había creado consigo mismo: su camino hacia la inmortalidad (cuando no podía suponer que ésta habría de llegarle de manera distinta, como nunca la hubiese deseado), mientras adentro, en el interior de aquella creación, permanecía agazapado Alberto Navarro, que era el mismo pero también otro distinto del que proyectaban las pantallas, aquel que en verdad se debatía en medio de los círculos de poder que lo rodeaban, que meditaba antes de actuar —prediciendo jugadas, como en el ajedrez—, y que se enfrentaba a los problemas: no el que sonreía en los actos públicos. Poco a poco Alberto se dio cuenta de que estaba rodeado, sin salida: su meta no era la justicia, sino única y exclusivamente preservar su imagen, que era la imagen del gobierno del presidente Del Villar; si quería servirlo a él, y servir al país, si en verdad quería tener posibilidades de sucederlo, esto era lo único que debía hacer. De pronto ya no importaban los ideales (no los violaba, sólo los olvidaba) ni las acciones prácticas, ni los cambios benéficos: lo que interesaba era únicamente conservar su posición (es decir, sostener al gobierno). Lentamente, como un virus, como un malestar que lo invadía, que se apoderaba de cada uno de sus miembros, de cada célula, hasta dominarlo por completo —su alma—, el ministro se dio cuenta de que el poder lo carcomía decididamente, sin que pudiese evitarlo; no se trataba de que se vendiese o de que traicionase sus convicciones —eso era lo de menos—, sino de que la condición que lo acercaba al poder le exigía trasladarse a un plano distinto, donde la bondad o la esperanza no importaban, donde las decisiones prácticas estaban encaminadas a un único fin que él debía aceptar si quería permanecer adentro: la conservación de la fuerza. No podía sustraerse: acaso no se notaba, acaso nadie más que él lo veía, pero su vida había empezado a ser otra, su cuerpo se había transformado o dividido: de día era uno, el funcionario preocupado por el bien común, mientras que por las noches lo único que le interesaba, como al resto de sus amigos, como a los demás miembros del gabinete, como a todos aquellos que lo rodeaban, era alimentarse del poder: ejercerlo, aprisionarlo. La primera vez que asistió a las clandestinas reuniones de gabinete convocadas por el ministro de Hacienda, Luciano Bonilla, en sus oficinas privadas de Palacio, Alberto Navarro descubrió que nunca dejaría de asistir a ellas; aunque le disgustasen, aunque no les encontrase utilidad alguna, aunque lo aburrieran mortalmente (acaso la mayoría sintiese lo mismo) jamás podría abandonar aquel círculo mientras tuviese la posición que tenía (quizás eso hiciesen todos los presentes), más como si fuese una prueba de resistencia que un cúmulo de placeres y rivalidades puestas en marcha, como afirmaba categórico el doctor Bonilla. Tras la primera orgía —el escándalo, la prohibición y el engaño—, Navarro no se sentía mal: simplemente aceptaba, resignado, que aquel ambiente sería su destino.

Reintegrarse a la noche, a sus orígenes. Acaso Ignacio no tuviese una idea clara de su futuro, pero de algo estaba absolutamente convencido: debía excavar —en sí mismo y en el mundo— hasta encontrar el otro lado, la zona de penumbra, los abismos que nadie nunca había tocado, la oscuridad más oscura: su esencia. Pero no ansiaba, desde luego, una transformación que tuviese que ver con el mal o la destrucción —aunque sí con lo demoníaco—: más bien era un reencuentro con las fuerzas de su niñez. Había estado a punto de morir, de hecho él creía que en algún momento de su convalecencia en realidad había muerto; su propia imagen se le aparecía como una prueba clara de su precaria extinción: se veía desde lo alto (como en los libros de *Vida más allá de la vida*, como en las malas películas de ángeles) y contemplaba su cuerpo exangüe tendido en la arena, deshidratado, fenecido, olvidado por los hombres, a punto de convertirse en un elemento del paisaje. Saberse cadáver —lo había sido, pues, antes de serlo— le daba a su vida, a su renacimiento, una condición especial. Se sentía afortunado o, mejor, compelido a pagar una deuda: la muerte lo había salvado. La paradoja lo sedujo: así como la negrura en los ojos de sus padres lo habían hecho nacer y desarrollarse, la negrura de la muerte (de esa muerte que había sufrido por acción de la luz) lo había devuelto a la vida: ahora no le quedaba otro remedio que saldar su cuenta, abrazándola por gusto. En vez de proseguir sus estudios de arquitectura o de cine, aceptó un trabajo en Cimex, una empresa dedicada a la traducción, subtitulación y doblaje de películas (de bajo presupuesto en su mayoría y muchas porno), en donde realizaba labores variadas que iban desde encontrar equivalentes para los títulos en inglés y más raramente francés o italiano), hasta comprobar la sincronización entre las voces y los letreros en español, corregir las faltas de ortografía o comprobar el buen estado de las copias. Horas y horas, pues, de quedarse frente a la pantalla en una sala, como único espectador: un cine para él solo, con cientos y miles de imágenes recorriéndolo, invadiéndolo, traspasándolo a lo largo del día (que para él se convirtió en una especie de noche continua); de hecho, las películas en sí ni siquiera le importaban, ni las tramas ni los personajes ni las escenas eran relevantes para él: sólo necesitaba aquel juego de luces opacas y cambiantes, que simulaban personas y paisajes, adentro de su cabeza, bañándolo en un extraño juego pirotécnico. Era una especie de hipnotismo, una terapia a la que se sometía voluntariamente: una cura. Mientras tanto, su espíritu divagaba con plena tranquilidad, obsesionado con sus mismos temas, preparándose para dominar, ahora sí, al fin, la otra oscuridad, la que vendría al término de su jornada: su vagabundeo nocturno. Su jefe y sus escasos compañeros de oficina apenas hablaban con él, y esos eran los únicos contactos que Nacho mantenía con seres humanos (fuera del trato con vendedores y taxistas); desarrollaba su vida a solas —había rentado un pequeño departamento en la Condesa—, concentrado en sus manías, haciendo como si los demás no existiesen o fuesen apenas una molestia que debía tolerar. Al salir de Cimex se dedicaba a recorrer a pie las calles de la colonia Nápoles hasta su departamento; a veces se detenía a comer algo o a tomar una copa, pero lo más frecuente era que merodeara por parques y camellones, sin prisa, contemplando la enorme ciudad vacía —los automóviles a toda velocidad frente a aceras desiertas— y el impenetrable cielo negro que la doblegaba. Esta aparente inactividad, esta intrascendencia, se convirtió en su rutina diaria hasta que un día, por casualidad, conoció a José María Reyes, quien poco tiempo después sería el responsable de un drástico cambio en su vida (y si somos implacables, del resto de su historia, de su destino y de su horrible muerte en aquel cuarto de hotel o motel al lado del ministro de Justicia, así como también de mi vida), pues fue él quien tuvo el tino (o lo contrario) de presentarle a Marielena Mondragón.

Alberto Navarro descubrió, aterrado, que su vida era una paradoja, pero ni siquiera una paradoja original, sino el destino de todos los hombres de poder: no se trataba de ser bueno o malo, inteligente o estúpido, recto o corrupto, sino de estar dividido. El poder lo partió en dos, hizo convivir en el interior de su cuerpo dos seres diferentes que nada tenían que ver uno con otro. Imágenes de su dualidad: Navarro asistiendo a una Conferencia Continental de Administración y Procuración de Justicia, donde hablaba de las medidas para controlar el peculado y vigilar la honestidad de los funcionarios judiciales (fue aplaudido y citado y recordado por todos los asistentes a partir de entonces) y Navarro dejando en libertad a magistrados que se habían enriquecido ilícitamente; Navarro escribiendo obras como *La reforma judicial* o *Diez compromisos para la judicatura*, y Navarro llenándose la nariz de coca después de hacer el amor con dos niñas que apenas rebasaban los trece años; Navarro inaugurando el nuevo edificio de la Corte Suprema de Justicia, y Navarro fabricando pruebas para encarcelar a un enemigo del doctor Bonilla. Sin embargo, a pesar de todo, Alberto aún creía en lo que hacía, aún pensaba en sí mismo como un funcionario que se encontraba en el lado de la luz (que pertenecía a ésta, que ésta era su reino) que sólo por el azar, la mala suerte o infortunio, las presiones y las circunstancias adversas debía, de vez en cuando, pasar al otro lado. Lo reprobable era una excepción, necesaria en todo caso para realizar sus grandes proyectos. Pero el engaño no duró mucho: pronto el joven ministro de Justicia aprendió que no se hallaba en un territorio donde existiesen las excepciones —inventos desesperados para justificarse—: ambos, el que se vendía y encarcelaba y disfrutaba con la lascivia de sus colegas era también el que perseguía el bienestar de los desprotegidos, quien aplicaba todo el rigor de la ley contra los jueces que se vendían y quien planeaba la mayor reforma judicial emprendida en el país a lo largo de su historia. Y el que una cosa no alterara la otra —que, por el contrario, una necesitase de la otra— era lo que menos alcanzaba (o quería) comprender. Cierta noche, después de una de tantas reuniones en Palacio, una de las más turbulentas a decir de los otros convidados, Alberto llegó cerca del alba a su casa (como siempre), se lavó, se cambió y se introdujo en su cama donde (como siempre) encontró a María ya dormida. Miró su respiración acompasada, el sudor que perlaba su frente (los sueños la estarían arrebatando, supuso), sus hombros desnudos y su cabello revuelto (acababa de ver infinitas pieles, de todas las texturas imaginables), y sintió una angustia que de inmediato se transformó en un terrible dolor en el pecho y luego, lo supo como un relámpago, en un infarto; alcanzó a despertarla justo cuando se caía al suelo. Al abrir los ojos en el hospital (María había actuado rápidamente), Alberto comprendió que ya no tenía remedio, que había entregado su alma a cambio de nada y —lo mas grave— que ya no podía modificar su situación: ante la imposibilidad de conjurar alguno de los extremos, de abandonar alguno de los bandos, de volver sus actos sólo negativos o sólo positivos, de hacer de su vida una empresa nítida u opaca, tenía (aunque el costo fuese el desgaste paulatino o la muerte) que llevar ambos lados hasta sus últimas consecuencias: no se arredraría, en ningún caso, hasta el fin. La convalecencia fue rápida, a fin de cuentas era un hombre joven y saludable (hasta entonces), e igualmente veloz fue el proceso que siguió a partir de entonces: inició una actividad febril, que iba desde la revisión a fondo del aparato judicial hasta una rutina que, por las noches, lo llevaba a los peores barrios con las peores compañías. Ahora sí estaba completamente dividido, Jeckyll y Hyde voluntario, un monstruo de decencia, eficacia y honradez por una parte, y por la otra un hombre sumido en la prístina degeneración de efímeros, burdeles y bares clandestinos a los que asistía, camuflado, en busca de experiencias abismales. "Para alcanzar el bien es necesario conocer todo el mal", repetía, con un sentido ambiguo y feroz, la frase del cínico Carpócrates. No se engañaba ni engañaba a la opinión pública —al contrario de sus compañeros de gabinete, había encontrado un modo de no traicionarse—: *en verdad* era un buen ciudadano, un buen funcionario y un buen padre (cuando le tocaba serlo), independientemente de que *también* fuese víctima del narcotráfico, la corrupción y la muerte. Cada vez añoraba experiencias que sacudiesen más su espíritu, del mismo modo que cada vez intentaba hacer más eficiente el ministerio del que se hacía cargo. Su salud física empezó a deteriorarse (la única constante que se repetía en sus dos ámbitos) pero ello no detenía sus proyectos en un sentido ni en el otro; moriría de un infarto, no muy lejanamente: lo sabía de memoria y se esforzaba por llenar cada instante con sus actos desesperados, infatigable (el pobre nunca imaginó la violencia descargada que lo transformó en cadáver). Al menos había vuelto a encontrar su destino, una justificación, una tarea y una meta, hasta que en su camino se topó con Marielena Mondragón.

Marielena. Marielena Mondragón. Marielena Mondragón Marín: quién podría afirmar que éste era su nombre verdadero, que no se ocultaba detrás de una apariencia, que no mentía como parecía hacerlo siempre, infinidad de veces, en otros tantos aspectos de su vida; cómo conocer a una persona que nos engaña conscientemente, cómo deslindar lo verdadero de lo falso cuando no poseemos más que su testimonio y cuando dudamos, a cada momento, de lo que nos dice: Marielena Mondragón. De pronto me encontraba frente a ella y ni siquiera podía mirarla; estábamos en un cuarto oscuro —no se oían ruidos de aviones ni automóviles: un sótano, una bodega quizá—, José María Reyes me había paseado en su camioneta sin dejarme adivinar sus intenciones, haciéndome recorrer junto con él, dentro de ese armatoste que tenía su enorme y aburrido rostro de payaso pintado afuera, quién sabe cuántas colonias hasta llevarme con aquella mujer. Sólo podía oír su voz rasposa, adivinar sus gestos y sus formas, si estaba sentada o acostada o de pie, más probablemente lo primero, con las piernas cruzadas, enfundada en un vestido negro como el del efímero, la minifalda entallada, una camiseta o un top del mismo tono, la sonrisa o el enojo o las lágrimas sepultadas en la tiniebla de aquel sitio, vedadas a mi vista pero no a mi imaginación; o acaso lo contrario, una blusa de flores y unos jeans, o desnuda, cómo podía saberlo, mi silla alejada de su voz lo suficiente como para que no pudiera tocarla, apenas oler su perfume —fuerte, arrogante— y escuchar su agrio tono de voz. Marielena Mondragón, la clave, el nudo de toda esta historia. "¿Por qué me has traído aquí?" Mi pregunta, la más obvia y la más inoportuna, yo mismo debería haberla contestado: yo había planeado mi captura. Ahora tendría que cargar con la responsabilidad de conocer su historia, perder la inocencia —mi seguridad, mi vida—, sobrellevar sus culpas (y la de Nacho y la del ministro), estúpida, inútilmente, por un mero capricho, un mero prurito de reportero, de fisgón; a partir de ese momento ya nada podría liberarme, ya nunca sería capaz de lavarme las manos, ensuciadas en las cloacas de esas vidas y muertes que también me pertenecían y que estaban a punto de confundirse con mi propia y desgastada existencia. Yo me fijaba en su respiración mientras trataba de controlar la mía, disponiéndome a pasar la noche (o la mañana o la tarde o lo que fuese) oyéndola, descubriendo los nudos, las aristas y los ángulos que había perseguido y que de repente se me presentaban con su forma invisible. Qué situación tan ridícula (y, sin embargo, me temblaban las piernas): los dos ahí, sin vernos, a punto de resolver un misterio que el gobierno no había logrado entender, que había sido noticia nacional, que yo mismo —al lado de Juan Gaytán, el fotógrafo— había visto nacer unas semanas atrás. "¿Tienes alguna mejor pregunta qué hacer o quieres que comience por el principio?", me respondió Marielena con un sarcasmo amargo, como si tuviese la obligación de mofarse de mí, como si no le quedara otro remedio. "Como tú quieras." Marielena Mondragón, una incógnita. Hubiese preferido conocer su pasado, saber quién era, de dónde había venido, quiénes habían sido sus padres y cuál había sido, también, la vida que la había llevado a ser lo que era, pero ella evadió cualquier referencia a sí misma, prefirió mantener el anonimato y su intimidad. Me limité a adivinar su edad (más por el recuerdo de cuando la vi que por las referencias que hacía ahora): unos veinticuatro o veinticinco años. ¿Con qué comenzaría, con Nacho o con el ministro, a quién le daría más relevancia o, aún más significativo, a quién habría conocido primero? "A veces la muerte inmortaliza", dijo, o quizá yo le atribuyo ahora, desde el presente, esa frase que era la misma que yo pensé al ver a los muertos; no filosofaba ni su discurso era lo suficientemente claro para imaginar a una académica o una escritora, nada más alejado de ello: cavilaba en voz alta, como si yo no estuviese ahí (en cierto sentido no lo estaba), como si la explicación que estaba a punto de dar se la debiese a su propia conciencia y no a mí. No trataba de justificarse —firme y serena—, sino más bien de entenderse o de ordenar las ideas que se agolpaban en su mente sin cohesión ni estructura. "Pero luego descubres y te desengañas y te das cuenta de que al final la muerte siempre lleva a otras muertes, imposibles de detener una vez que ha comenzado su pausada labor." De vez en cuando la imaginaba frágil, aunque de inmediato recuperaba la compostura, como siguiendo un guión aprendido, un parlamento o una confesión (¿pero entonces por qué me la hacía a mí?) que sólo por momentos la traicionaba. "Yo creía que la muerte inmortaliza, ¿comprendes? —volvió a decirme, era su excusa, su declaración de principios—; todo empezó como un juego, una apuesta, a ver hasta dónde te atreves, cuáles son los últimos límites que puedes romper, ¿te das cuenta?, como decir 'yo salto más' o 'yo corro más rápido', o mejor aún, como los trapecistas o los corredores de coches, cada vez mayor peligro, cada vez más riesgos, la satisfacción se incrementa, la adrenalina y la droga te hacen que te lo creas, y ya es más el placer de saber que vas a intentarlo que el hecho de hacerlo, porque cuando lo llevas a cabo y lo logras no tienes más remedio que atarte a tu meta, permanecer fiel a ella (se vuelve parte de ti) y ya no tienes salida, ¿me entiendes, verdad? La muerte que fascina y horroriza. La muerte que mata y salva y mata: la muerte que ahora soy yo —dijo, casi riendo, como si no diera crédito a sus propias palabras, como si fuese, de nuevo, no más que un juego—. Yo fui la responsable, ¿te das cuenta? Yo fui —y ocultó el llanto, una pena que yo entonces no sabía bien a qué se debía (¿responsable de las muertes, de los encuentros, de todo?), un dolor agudo que se percibía en medio de la penumbra y que resultaba imposible de consolar—. Pero alguien tiene que saberlo, y ése vas a ser tú, no sé bien por qué motivo, acaso tú lo sepas mejor, porque ya no tienes alternativa." "¿Tú los mataste?" Marielena se quedó callada, el silencio duró varios minutos, interminable, agobiante —¿todavía estaría ahí?—, hasta que la escuché de nuevo, calmada, impávida, mi pregunta olvidada o desechada o pospuesta. Marielena tenía diecisiete años cuando conoció al Viejo (obviamente no quiso darme su nombre ni más señas), un hombre que entonces tendría cerca de cincuenta años (viejo para ella); cómo lo conoció es algo de lo que no pude enterarme, pero el hecho es que él era un hombre, como ella dijo, "pudiente", que la impresionó con todo tipo de atenciones y regalos (quién sabe qué poder de atracción ejercen los viejos sobre las jovencitas, las hacen pensar que son más maduras o mejores amantes, cuando resulta que son ellos quienes aprenden más de este tipo de relaciones), con su personalidad recia y con un juego —de nuevo— de poder del que ella ya no pudo escapar. Al galanteo romántico le siguió un amor desenfrenado que no tardó en volverse peligroso: por un lado la violencia física —nunca pensó que pudiese llegar a gustarle—, y por el otro los celos desenfrenados del Viejo, que en todo momento sospechaba de la joven. Su unión se volvió lo suficientemente tirante y desgarradora para llenar por completo la vida de Marielena (no podía pensar en otra cosa y no conseguía zafarse, aunque lo deseara) hasta que, como una salvación, como un alivio, "aparecieron los muertos" (así lo dijo, sin ninguna inflexión particular, sin ningún recato, sin ninguna delicadeza). Un día el Viejo le dijo que cambiarían de rutina, que necesitaban algo que los oxigenara y revitalizara (valga la paradoja), algo que volviera a unirlos como al principio y gracias a Dios él lo había encontrado. A veces la muerte inmortaliza, le dijo, y es lo que va a hacer con nosotros. Hasta ese momento el Viejo nunca se había atrevido a llevarla con él, a mostrarle dónde exacerbaba su odio, su amor y su miedo, pero aquel día se decidió a compartir su secreto (y el de varios amigos suyos) con ella. "Es algo que nunca has imaginado, algo indescriptible, algo —la muerte— que nos unirá para siempre", le dijo; ella lo siguió. El Viejo la condujo a un recinto en la parte posterior de la casa que ella ya había descubierto pero a donde él nunca la había dejado entrar: una bodega o un almacén, oculto por los últimos fresnos del jardín, con una gran puerta de roble cerrada por varios candados. Era de noche y el Viejo respiraba agitado, sin soltar la mano de Marielena, mientras buscaba, probaba e introducía las llaves en las distintas cerraduras. Ella estaba aterrada, no por la oscuridad o el viento, sino por la emoción febril que notaba en él; al fin pasaron al interior. Como de costumbre él no encendió ninguna luz y, en tanto su voz se iba alejando en medio de aquel espacio negro, se limitó a decirle a la muchacha que se sentara en la alfombra y lo esperara. "Quítate la ropa", le dijo al regresar. Ella lo obedeció, como siempre, como tantas veces en las que debía seguir ciegamente sus órdenes, cumplir todos sus gustos y caprichos y luego consolarlo ante sus reales o ficticias desventuras. "Ahora ven acá." La ruda mano del Viejo tomó las de Marielena: esa fue la primera sensación, sentirse dirigida, controlada, atada; la segunda fue peor: él la condujo a través de una piel —una piel humana— que ella sintió fría y tersa, una pierna quizá, luego un muslo y por fin el vientre, el vello púbico de una mujer inmóvil, inmutable, arcana. Siéntela, sólo siéntela, le decía el Viejo guiándola por la fuerza a través de aquello que sacaba lágrimas y gritos a Marielena; luego la llevó hacia arriba, por su estómago y hasta sus senos dormidos y sus pezones inmutables; qué es esto, no, no quiero, pero el hombre se mantuvo imperturbable, la empujó encima de aquel cuerpo y le dijo bésalo, déjate llevar por la dulzura de esta piel, y la obligó a poner los labios encima de los labios de *eso* que no era una mujer o que lo había sido pero ya no lo era, *eso* que debió haber tenido un nombre y una historia pero que no los tenía más, *eso* que no se atrevía a reconocer, no quería hacerlo, no, por amor de Dios, no, mientras el Viejo la penetraba ahí mismo, aunque Marielena no pudiese sentir nada; ella sólo sabía que estaba sobre aquel cuerpo, que lo tenía entre sus manos y que no se movía ni se movería nunca, y no tuvo más remedio que tocarlo, atreverse a buscar la respuesta a una pregunta que ella no había formulado, hasta perder toda conciencia y todo sentido, hasta que no supo más de sí y empezó a hacer lo que el Viejo le decía, besar y acariciar a esa amante sorda y muda y ciega como si no fuese lo que era —otras mujeres habían pasado por sus manos, pero no así, no así— hasta que, no, por Dios, no, tuvo el orgasmo más fuerte que hubiese sentido, se quemaba, se hundía, se perdía, y aquella piel era —y lo sería a partir de entonces— su único refugio. Un día de fiebre altísima fue la conclusión de aquel episodio; Marielena permaneció en cama, delirando durante incontables horas en las que su mente le hacía la trampa de iluminar la escena por la que acababa de pasar, mostrándole las formas y los colores y los tonos que no había visto antes, devolviéndole el horror en su conjunto —el goce y la saciedad—, indicándole con precisión lo que había hecho. Pero lo peor —lo supo con igual claridad desde ese instante— es que lo había probado y ya no podría liberarse jamás; jamás nadie podría salvarla. Ese no fue el único cambio que se produjo en su vida: desde aquel día el Viejo no volvió a tocarla, se conformaba con verla encima de los cuerpos que él ponía a su disposición y entonces se masturbaba o terminaba compartiendo aquellas pieles tensadas y apenas tibias, pero ya no le importaba el calor real —la vida— de Marielena. Pronto Marielena se acostumbró a los placeres escondidos en la carne de esos hombres y mujeres que ya no lo eran, y que ella cada vez necesitaba más (era un material frágil y escurridizo y acaso por ello más atractivo: necesitaba renovarse constantemente); sólo alguien con los recursos, la posición y la adoración que el Viejo le profesaba se lo podía proporcionar. Ella consiguió un trabajo como dependiente en una florería (las flores que se regalan entre sí los enamorados, una muestra más de aquello que está entre lo vivo y lo muerto, las flores que apenas duran al ser cortadas antes de marchitarse, las flores que pueblan los cementerios), desde donde llamaba puntualmente al Viejo para platicarle sus fantasías anticipadas, esperando que él las tuviese dispuestas para el momento en que ella llegase a su casa. De la complicidad mutua al ingreso *formal* de Marielena en la cofradía mediaron unas semanas. Una multitud de amigos comunes no tardaron en incorporarse a los juegos teatrales que habían inventado: la glorificación de los maniquís humanos que les servían de comparsa en sus representaciones.

El primero y más asiduo participante fue José María Reyes, el payaso, vecino de Marielena. Un número que oscilaba entre cinco y veinte personas constituyó el núcleo estable de la cofradía; las condiciones para ingresar eran, además de someterse a entrevistas psicoanalíticas, discreción absoluta, la prohibición de entablar lazos íntimos con otro miembro fuera de las sesiones y de hablar siquiera de sus actividades externas; excepto el Viejo nadie más debía saber las verdaderas identidades de los miembros, ni las causas que los llevaban ahí, ni sus antecedentes laborales o familiares. Una sola pasión los unía: la vecindad o la cercanía o la adoración de la muerte que dejaba de serlo: no había razón para hacer peligrar aquel vínculo único que nadie más podría comprender. Sus actividades, no obstante, se diversificaron, al igual que sus centros de reunión: ya no sólo se trataba de la aventura de compartir sus cuerpos con aquellos cuerpos desconocidos; el peligro y la emoción se incrementaron en cuanto decidieron que ellos mismos debían escogerlos y conseguirlos —afinidades electivas aun en circunstancias semejantes—, descubrir los diversos atractivos de los cuerpos como si se tratase de un proceso de seducción, de un flirteo y de una conquista, de un rapto —como la selección de verduras congeladas en un supermercado—; ya no sólo frecuentaban la casa del Viejo (y la morgue particular que había instalado en su casita al final del jardín), el cual cada vez participaba menos activamente en los escarceos desenfrenados de los demás, sino ahora también multitud de efímeros, lotes baldíos y hoteles —se trataba de incrementar los riesgos— e incluso hospitales, funerarias y el forense: nada habría de detenerlos en sus excursiones, en su bizarra tarea de alquimistas, en la transmutación que llevaban a cabo: la búsqueda de su sustento.

El primer encuentro entre Ignacio Santillán y Marielena Mondragón no pudo haber sido menos premonitorio de su futuro; a veces estos encuentros iniciales parecen una burla o un sarcasmo de lo que pasará más tarde y aún no se conoce ni puede conocerse, un esperpento que nos toca y nos marca sin que nos demos cuenta —desprovistos de adivinación—, aunque sin embargo en ese disparate esté contenido el germen de lo que sucederá después. Nacho había conocido a José María Reyes hacía unos meses, gracias a que éste había contratado los servicios de Cimex para montar un espectáculo multimedia que habría de incluir, además de su propia actuación, un par de películas sobre célebres payasos y circos memorables; de inmediato le enviaron a Nacho, quien le recomendó a Fellini, a Leoncavallo y a Black. Pronto la conversación entre los dos se desvió a los terrenos de la parodia, la imitación, la *Commedia dell'Arte* y, por fin, al inevitable pánico que, de niño, le causaban a Nacho los rostros coloreados. "La pintura cancela el lado humano de las caras —le dijo a José María en uno de sus acostumbrados devaneos—, los payasos son una suerte de monstruos que al mismo tiempo nos imitan y nos niegan: se burlan de nuestros temores más antiguos. No sé a quién se le ocurrió que eran apropiados para los niños." José María, divertido, no dudó en invitarlo a su siguiente presentación; Nacho aceptó (ciego, como todos, ante el futuro) sin imaginar que esa banal decisión —ir o no ir a una fiesta infantil— cimentaría su desgracia, su mala suerte o infortunio, la postrera muerte que lo volvería inmortal. Se trataba del cumpleaños de un sobrino de José María —entre sus escasos clientes muchos eran familiares comprometidos a asistir—, celebrada en una casa particular y no en un salón de fiestas. Nacho llegó un poco tarde, cuando el espectáculo, montado en una amplia biblioteca forrada en madera, ya había comenzado. Improvisadas luces iluminaban los esperpénticos gestos de José María (sin que los niños se rieran una sola vez) mientras Nacho buscaba un lugar donde sentarse. Ese fue el momento liminar, el primer encuentro: oculta en la oscuridad artificial provocada por gruesas cortinas de terciopelo —eran las cuatro de la tarde—, en medio del griterío, las burlas y la indiferencia de los niños asistentes, Marielena contemplaba el espectáculo. De pronto Nacho la miró de reojo, pero se fijó tanto en sus rasgos recortados por un delgado haz de luz que quedaron grabados para siempre en sus pupilas. Desde ese instante los chistes del payaso desaparecieron de su mente, como si el reflector hubiera modificado su dirección, centrada ahora en su incógnita vecina de asiento que, sin darse cuenta de las miradas impertinentes, o disimulándolas, soltaba sus carcajadas y aplausos para festejar a su amigo. De repente, para alivio de los niños, las cortinas fueron descorridas y el día iluminó por un segundo el cuerpo de Marielena, la cual, entrecerrando los ojos, deslumbrada, no tardó en retirarse hacia los pasillos interiores. Su imagen se clavó en la memoria de Nacho como un cuchillo: sus pantalones entallados, sus cejas robustas, su nariz implacable, su barbilla dura, su cabello lustroso, su perfume. Pero, ¿era consecuente con la personalidad de Nacho quedar prendado así de una desconocida? ¿Qué había visto en ella que no encontraba en los rostros de las demás mujeres que había tratado en su vida, qué detalle, qué sutileza, qué arrebato lo subyugaron de pronto? Parecía como si inconscientemente sus ojos se hubiesen iluminado con la fatalidad de aquel cuerpo, como si el encanto de la muerte lo sedujera con una fibra oculta, una corazonada, un desaliento; Marielena ni siquiera le hizo caso, pero desde ese momento también se selló su destino mientras se escabullía entre los juguetes desordenados de los niños, las *Mañanitas* entonadas por José María (mas no por los impúberes, que jugaban en el jardín) y el aroma del pastel recién horneado. Nacho la siguió por todos los rincones de aquella casona que no conocía, la mirada fija en sus formas, como si quisiera aprehenderla en la lejanía: no olvidarla. Pero no volvió a topársela en toda la tarde y, cuando al fin tuvo el valor de pedirle a José María que se la presentara, ella ya se había marchado (poco después del anochecer). Es ilógico lo que Marielena cuenta ahora, pero según ella la vida de Ignacio se centró desde esa tarde en esa figura que había visto sólo unos segundos (yo la vi así en el efímero mucho después: el mismo encuentro casual, la misma mala suerte o infortunio que ahora me mantenía allí, atado, escuchándola). Ignacio se dedicó a perseguirla, a tratar de encontrarse con ella después de que logró que el payaso le diera el nombre de la florería donde trabajaba. Nacho se quedaba horas afuera, escondido entre los edificios o los árboles, sólo para verla llegar e irse, sin atreverse a más. Por fin, una noche se decidió a entrar. Marielena lo recibió impávida, sin reconocerlo (o disimulando), fría y autoritaria ("estamos a punto de cerrar, señor, ¿podría apurarse?"). Nacho vagó unos minutos por la tienda, examinando las flores innecesariamente, nervioso (disimulando también), hasta que se decidió por una rosa, la tomó entre sus manos —la más grande, la más oscura, casi negra— y se la pagó a la desganada Marielena, quien recibió el dinero con fastidio, lista para marcharse. Entonces él no dudó más: le entregó la flor a la mujer y le dijo es para ti. Marielena la tomó, sorprendida —no halagada ni contenta, sólo extrañada— y sólo pudo soltar un ¿y yo para qué demonios la quiero? Dejó pasar unos segundos, cogió la mano de Nacho y se lo llevó, sin más preámbulos, a la parte posterior de la tienda; él se dejó conducir en silencio. Una vez ahí, ella se bajó la falda y los calzones y deslizó la flor hacia adentro de su cuerpo. "Bueno —le dijo mientras volvía a acomodarse la ropa—, te la devuelvo y ahora vámonos de aquí." Ese fue el inicio, quién lo creería, el principio de la hecatombe, la causa de la causa que es causa de lo causado: la semilla de su perdición ulterior.

Repito: es espantoso mirar retrospectivamente nuestros actos y darnos cuenta de que de los más insospechados, de los más nimios, de las decisiones que menos importan —una debilidad, una corazonada, un impulso— dependen nuestra condición futura, los lugares en los que nos hallamos o las personas a las que amamos o que nos han destruido, y en casos extremos la propia muerte. Nacho transformó a Marielena en el punto medular de su vida. ¿Por qué? ¿Qué descubrió en ella? No lo guiaba un atractivo sólo físico, ni siquiera una fascinación por su personalidad: más bien —aventuro una hipótesis— era como si Nacho hubiese encontrado en ella un ancla, un salvavidas, una soga de la cual asirse en un momento de su vida en el que habían terminado todas sus expectativas; enfebrecido por la noche y la muerte, todavía sin conocerla, convirtió a Marielena en la encarnación de sus instintos: ella era la noche y ella era la muerte (como habría de comprobarlo), a pesar de que al principio sólo intuyese vagamente estas expectativas, de que sólo las deseara. Para Marielena, en cambio, la aparición de ese nuevo espectro en su vida tuvo un valor distinto: al lado del Viejo era una víctima, y su posterior inclusión en la cofradía obedecía más a la resignación, placentera y dolorosa, que a una decisión propia. Ignacio también era un salvavidas, aunque en sentido contrario: ante los demás, Marielena estaba sometida a los caprichos de su protector o a sus instintos de muerte, mientras que, por primera vez en mucho tiempo, descubrió en Nacho a alguien dispuesto a ser sometido por ella, alguien con quien podría invertir los papeles (aunque no lo pensara así, aunque no lo hiciera consciente), alguien sobre quien podría ejercer el dominio ejercido sobre ella. Ni siquiera se trataba de que ella voluntariamente quisiese utilizarlo (de nuevo sólo un efecto de la mala suerte o el infortunio), sino de un simple reacomodo de los papeles que les había tocado representar. Nacho le gustaba, incluso puede decirse que a ella sí le fascinaban su extraño carácter y sus excentricidades —en cierto sentido lo admiraba— pero por eso mismo no podía evitar despreciarlo. Necesitaba ponerlo a prueba, y para ello lo llevaría hasta sus límites, lo destruiría lentamente hasta que a él le resultara imposible dejarla, y entonces lo haría parte inevitable de la cofradía. Me pregunto hasta dónde Nacho era consciente de lo que sucedía, hasta dónde era posible que él mismo buscase y propiciase su relación con Marielena, dispuesto a inmolarse por ella —un acto de desprendimiento aparente que en realidad demostraba un egoísmo supremo—, sin importarle que fuese ella o cualquier otra mujer. Lo cierto es que él decidió someterse a su voluntad sin reticencias, aceptando sus caprichos y su furia, hasta el día en que ella lo llevó a participar en una de las reuniones de la cofradía. "Tienes que hacer lo que yo te diga", le advirtió ella, como si se tratara de otro juego adolescente; Ignacio aceptó. Imposible saber cuál fue el efecto que se produjo en su espíritu al compartir la muerte, esa muerte que no lo era o que precisamente por eso lo era aún más, con Marielena; los primeros días su actitud no cambió, había probado al fin esa unión que deseaba desde hacía tanto, pero ello no hizo sino despertar sus sentimientos de culpa, su necesidad de poseerla. Entonces una idea se incubó en su cerebro como un virus, una infección que no tardó en extenderse a lo largo de todo su cuerpo. Él debía encargarse de ella. ¿Salvarla? Esa era la palabra que Marielena repitió cien veces frente a mí, como si se tratase de una broma, la peor de cuantas pudieron ocurrírsele a Nacho. "¿Salvarme de qué?", repetía ella, adolorida, pero no dejaba de ser la expresión precisa, la que más se ajustaba al temperamento de Ignacio Santillán. Había descubierto, finalmente, su misión, su tarea, su destino: salvar a aquella mujer que lo adentraba en los abismos de la oscuridad y del deseo y del desfallecimiento; rescatarla, redimirla, pero no de los cadáveres y de los cretinos que la rodeaban en la cofradía, sino de ella misma, de su ansia: de la muerte real que anhelaba en la supuesta vida que le daban las muertes ajenas. ¿Ignacio redentor? Sí: el mismo que había escapado y vuelto a padecer los poderes de la noche, el mismo que había resucitado en el desierto, el mismo que ahora estaba dispuesto a sacrificarse, sin sentido, por aquella mujer. "Sólo se puede salvar a alguien condenándose uno mismo", me dijo Marielena que le escribió él en una servilleta, "pero el intento vale la pena": "imbécil, pobre imbécil", quería decir su tono, su rostro que en esos momentos yo no veía. Lo más doloroso —pensé— era que el sacrificio de Nacho, si en verdad fue tal, había resultado inútil: la mujer a la que había intentado salvar estaba frente a mí y por ninguna parte se advertía muestra de salvación, ni siquiera de arrepentimiento en ella, sino apenas un vago malestar frente a la indiferencia que se reflejaba en la trémula voz de esa mujer. Pero quizá él también lo supiera o lo adivinara, consciente de esta llaga: "Todo sacrificio, para serlo, debe ser incomprendido", le escribió también.

Alberto Navarro, en cambio, entró en contacto con la cofradía de un modo, ¿cómo decirlo?, menos violento (pocos días antes de que Ignacio conociese a Marielena), como si aterrizara suavemente en una planicie conocida —aunque nunca antes la hubiese visto—, como si se integrase a un reino al que pertenecía esencialmente, sin saberlo. El Viejo, que lo conocía por numerosas actividades públicas que habían tenido juntos, lo llevó a una de las sesiones nocturnas en el cobertizo trasero de su casa, obviamente sin revelar su identidad a los demás miembros; él se limitaría a mirar lo que los otros hicieran con los cuerpos, manteniéndose a una prudente distancia. El Viejo lo instaló en un cómodo sillón en la oscuridad, desde donde podría apreciar a la perfección el espectáculo —¿la ceremonia, el sacrificio?— que estaba a punto de mostrársele. Un joven de unos treinta años, fallecido a causa de un paro cardíaco hacía apenas unas horas, sería el protagonista principal de la velada; no siempre hallaban especímenes tan perfectos ni se conseguían con tanta premura; se trataba de una ocasión especial y el Viejo no dudó en ofrecérselo a su huésped, como si abriese uno de sus mejores vinos. Marielena apareció desnuda, su cuerpo igualmente perfecto bajo la luz tenue de la sala, a la vista del incógnito ministro; sin embargo, el Viejo no resistió la tentación de presentarla a su convidado. Le pidió que se acercase al lugar donde él estaba y, orgulloso, la mostró al ministro. Marielena miró atentamente a Alberto, molesta, perturbada por aquel desplante de su protector, pero también decidió —una chispa, un relámpago— que aquel individuo circunspecto que estaba a punto de observarla como a una pieza de museo, como a la atracción de un circo, no sería sólo uno más de entre los recurrentes invitados a la cofradía. Si eso era lo que el Viejo deseaba, ella actuaría sólo para el invitado: lo seduciría a través del cadáver que reposaba sobre una plancha en medio del salón. Marielena amó aquel despojo con un entusiasmo que no había demostrado hacía nadie, concentrándose en cada miembro, en cada centímetro de piel, en el rostro incorrupto y ciego y en el cabello suave y terso del joven, fascinada con la imagen que produciría en el ministro, el deseo, el horror y la angustia que atravesarían su pecho en esos instantes, la sombra imborrable que se encargaría de imprimirle. Alberto la observaba consternado, pero no con aquella fascinación que Marielena suponía dirigida hacia ella o a sus movimientos, hacia el placer que extraía de la muerte, sino hacia la inmovilidad y el pasmo del muchacho, la todavía recia consistencia de sus músculos, la impavidez con que se dejaba tocar y besar y lamer por ella. Acaso el propio Navarro no fuese consciente de lo que le ocurría entonces —la rapidez, la oscuridad, la sorpresa—, pero una sensación extraña se apoderaba de su cuerpo excitado, algo como la sed o el hambre, un arrojo que no había sentido antes, sólo desdibujado por la extrañeza y la vergüenza. Después del espectáculo, el Viejo los condujo a otra de las habitaciones de su casa y Marielena trató de repetir con aquel cuerpo palpitante y vivo —pero igualmente ausente— lo que acababa de realizar con el otro. Alberto Navarro simplemente se dejó llevar. El ministro, no asustado pero tampoco especialmente atento ni ávido, decidió no volver a participar en las reuniones de la cofradía, en las "extravagancias" del Viejo: se limitó a agradecerle su rara hospitalidad (de nuevo, como el neófito agradece un vino rarísimo cuyo sabor apenas ha distinguido) e intentó poner término a cualquier secuela de aquella velada, hecha la excepción, por supuesto, de Marielena. Si bien no lo había cautivado, como ella hubiese podido suponer o querer, Alberto tampoco tuvo el talante para negarse a encuentros posteriores; de algún modo le recordaba el pálpito que, por motivos que ella nunca comprendería, había sentido al verla o, más bien, al ver el poder que ella ejercía sobre su acompañante por la fuerza, pero que había decidido prohibirse terminantemente. A veces la evitaba, pero su debilidad era más grande de lo que hubiese pensado; la llamaba —a pesar de todo ella era la única capaz de saciar sus ansias de dominio, de noche—, e inventaban juegos y trampas juntos, expandían los abismos de su imaginación. La distancia infranqueable que Alberto ponía entre ellos era como un vacío, como un precipicio ante el cual los dos se sentían fascinados, experimentando un vértigo —una ilusión al fin— que, si no los acercaba, al menos no les permitía separarse. Marielena buscaba al ministro con desesperación, con amargura, obsesionada con su cuerpo y con su frialdad, con su silencio y su poder —casi un muerto, casi un cadáver—, y él simplemente no tenía decisión para alejarse de ese ángel negro que tendía sobre su piel el blanco sudario de la noche. Pero su gran error, su desvarío, Alberto Navarro lo cometió cuando, irresponsable, soberbiamente, introdujo a Marielena en las reuniones de Palacio (vaya revelación, cuántos hilos por amarrar), donde ella se encargaría de seducir, entre otros —por despecho, por coraje—, al doctor Luciano Bonilla, el ministro de Hacienda, y al doctor Gustavo Iturbe, nuestro amigo, nuestro viejo conocido, el ministro del Interior.

Lunes 17. *Tribuna del escándalo* publicó una nota que, de no haber sido lo que era, y de no tratar de quien trataba, me hubiese encantado redactar a mí.

Oropeza secuestrado por la guerrilla

decía el enorme titular que cubría toda la primera plana (nunca pensé que mi nombre fuese a aparecer en capitulares tan grandes en un periódico, ni siquiera en el mío, pero el dudoso honor que ahora me concedían no era precisamente deseado); y luego, en páginas interiores: "Agustín Oropeza, uno de los más destacados colaboradores de esta empresa editorial [por lo visto es necesario convertirse en noticia para que valoren nuestros méritos], y uno de los más brillantes informadores con que cuenta nuestro país [la apología ya era francamente irrisoria], habría sido secuestrado por un comando del FPLN, según ha sido dado a conocer hoy por la policía capitalina. El reportero había estado publicando numerosos textos sobre actividades subversivas y, de acuerdo con declaraciones posteriores del fiscal general, doctor Corral Morales [tenía que ser él, ¿quién más podría hacer una revelación semejante?], este pudo ser el motivo de la acción terrorista. Agustín Oropeza no se presentó a trabajar desde el viernes de la semana pasada ni entregó su colaboración semanal para el periódico, lo que causó inquietud entre sus compañeros [¿cuándo les ha importado si escribo o no a esos cretinos?], quienes trataron de comunicarse con él sin éxito; el miércoles pudieron localizar, al fin, a uno de sus familiares, el doctor Filomeno Rivera [¿doctor?], quien dijo haber platicado con el presunto secuestrado días antes, notándolo especialmente nervioso con motivo de las acciones del FPLN [el imbécil ahora se convierte en mi confesor, en mi vocero]. A pesar de que el médico trató de tranquilizarlo, Oropeza —en palabras de su primo— estaba obsesionado con revelar al público las conductas clandestinas del movimiento guerrillero, tal como había comenzado a hacer semanas atrás con un polémico artículo sobre terrorismo psicológico. El viernes finalmente el doctor Rivera decidió acudir a las autoridades, las cuales revisaron la casa del colaborador de *Tribuna del escándalo*, donde encontraron, en la mesa de la cocina, al lado de un pastelillo de chocolate enmohecido y a medio comer, una hoja mecanografiada con las iniciales del FPLN y un texto firmado, según una fuente de la Fiscalía, por el teniente *Gabriel*. En la lacónica nota —que no

ha sido mostrada a la prensa—, el líder guerrillero termina diciendo que él y su grupo no están dispuestos a seguir permitiendo que 'subperiodistas de la derecha más trasnochada continúen invalidando las acciones del movimiento' y que 'el secuestrado permanecerá con nosotros hasta que sea necesario, cuando estemos convencidos de su reeducación moral y su arrepentimiento legítimo para antes del fin de los tiempos'."
No cabe duda de que los redactores, sean quienes fueren, son más imbéciles de lo que yo jamás pude sospechar: un comunicado de *Gabriel* en la mesa de mi cocina: se necesita ser retrasado mental o trabajar en el gobierno para creer algo así. Dos días más tarde, en un comunicado aparecido en *El Imparcial* y reproducido en *Tribuna*, el FPLN volvía a hacerse presente para hablar del asunto:

A los Espectadores del Último Día,
Al periódico nacional *El Imparcial*, al noticiero televisivo *Conexiones*, al programa de radio regional *El cordonazo* de Ensenada, BC, al suplemento para niños de *La Nación*,
A los oídos de nuestros muertos, a las sombras de sus tumbas, etc., etc.

Por mi e-mail habla el e-mail del movimiento guerrillero urbano, el e-mail de la experiencia, el e-mail del cambio, el e-mail del fin de los tiempos:
La seudoprensa de este seudopaís seudodemocrático ha caído en su más bajo nivel desde la desaparición de Televisa gracias a un grupúsculo de sujetos de la peor calaña cuyo prototipo es el guarura voluntario que responde al nombre de Agustín Oropeza. Y lo peor es que ni siquiera trabaja para el gobierno, sino que sus mentiras las lleva a cabo por cuenta propia y sólo para ganarse el ridículo sueldo que han de pagarle.
La Comandancia General del FPLN, por cuyo e-mail hablo yo, ha decidido que tales ataques en contra de la Verdad pura

y prístina deben ser castigados ejemplarmente, por lo cual el susodicho Agustín Oropeza encuéntrase en nuestro poder, y seguirá estándolo hasta que la misma susodicha Comandancia lo decida.

Como rescate, el pago por este individuo que no vale ni el peso de sus huesos convertidos en cal, rogamos, pedimos y exigimos la inmediata reivindicación de nuestro movimiento por parte del seudogobierno, en un lapso no mayor de dos días. De lo contrario, para probar que no robamos cadáveres, devolveremos el de Agustín Oropeza a quien quiera reclamarlo (si hay alguien) a las 23:59 horas del domingo 23 del presente.

Vale.

Desde las cañerías del centro de la Ciudad,

El teniente insurrecto (y visionario) Gabriel (sin cursivas).

Es curioso convertirse en lo que antes era nuestro objeto de estudio, como si de pronto los insectos o las bacterias nos inspeccionaran bajo la lente del microscopio o, igual que en el cuento de Cortázar, como si nos convirtiéramos en los ajolotes que antes observábamos con devoción. No podía creerlo (ni contener una risa que no sólo era nerviosa): ahora yo me había transformado en uno más de los inútiles y mediocres escándalos de *Tribuna*, en la causa por la que se vendían millares de ejemplares, en una noticia que de seguro sería seguida con avidez durante unos días —si fueran semanas ya podría jactarme de algo en la vida— para de nuevo caer en el olvido, sin importar el desenlace de esta absurda historia. Pero lo más absurdo de todo era la exigencia de respetarme, de respetar mi vida, a cambio de un desagravio público: los falsificadores de firmas (en este caso de los e-mails de *Gabriel*) únicamente buscaban incrementar la animadversión popular hacia la guerrilla. ¿A quién podría beneficiarle la exacerbación del odio popular contra el FPLN? No era muy difícil adivinarlo, sólo hacía falta conectar los cabos sueltos, armar el rompecabezas, otro juego dentro de estos innumerables juegos; sólo alguien podría ganar definitivamente con el movimiento de esta última pieza: el propio gobierno. Y, en medio de él, de los dos contendientes que quedaban por la sucesión tras la providencial muerte de Navarro, los ministros de Hacienda y del Interior, sólo Gustavo Iturbe podría aumentar aún más su influencia sobre Del Villar, quien habría de convertirlo en su sucesor (técnicamente, en quien depositaría su confianza, esperando que su decisión fuese avalada democráticamente en las elecciones internas de los partidos que conformaban el gobierno). Ya no me resultaba complicado imaginar el resto, las conexiones, las sospechas, las trampas: no me cabía duda de que, detrás de todo esto, tenía que estar él. Cada mañana Marielena me mantenía informado de lo que, en el mundo exterior, iba sucediendo con mi caso; la prensa empezó a dedicarle cada vez más espacios, como si la tensión por mi vida fuese en aumento, cuando en realidad yo sabía que sólo se trataba de una estrategia más de mis captores. La Fiscalía General y el Ministerio del Interior emitían boletines constantes sobre los avances de la investigación, sobre las supuestas pistas que habrían de llevar a la detención de los secuestradores y a mi posible liberación. El jueves apareció en *El Universal* y, por lo que sé, también en una cadena televisiva, una entrevista con mi padre; manteniendo su serenidad de siempre, que los espectadores interpretarían como muestra de aplomo y voluntad, y que yo sabía puro afán protagónico, declaró que no iba a dejarse intimidar por los terroristas y que el gobierno de ninguna manera debería permitir el chantaje de que estaba siendo objeto, por lo que "rogaba" al doctor Iturbe y al presidente Del Villar no ceder a semejantes presiones. Después de verla no supe qué impresión me había dejado: al parecer mi padre no iba a cambiar nunca, ni siquiera cuando la vida de su hijo se encontraba en peligro (al menos eso debía suponer él, porque yo, quién sabe por qué razón, acaso por la cercanía y la voz inagotable de Marielena, no distinguía el peligro por ninguna parte). Esos días fueron una especie de tiempo perdido, un espacio blanco que se me apareció como un *continuum* de pensamientos y emociones que no puedo mirar por partes; cualquier tentativa mía de escapar de aquel cuarto —no una celda en el sentido clásico, y nada más alejado de *Expreso de medianoche*: se trataba más bien de una gran sala con mullidos sillones, alfombra, varias mesitas e incluso un baño y una pequeña cocineta con los alimentos que Marielena me preparaba cada mañana— era vana: no había ventanas y sólo una puerta que permanecía siempre cerrada con candado, a más de que no había una sola lámpara o rendija por donde entrara la luz; de vez en cuando ella o José María entraban con una linterna con la que me mostraban las arrugadas páginas del periódico o los platos donde reposaba mi comida. De este modo, una noche interminable tendía su negro letargo sobre mí, apenas disturbado por la incansable voz de Marielena quien, sin motivo aparente, como una especie de confesión o de desfogue, un ajuste de cuentas, anudaba su historia con la de Nacho y el ministro de Justicia, los muertos que, de modos diversos pero complementarios, ambos, ella y yo —bueno, y también Juan Gaytán—, habíamos convertido en inmortales.

Cómo se inician los triángulos, cuándo los involucrados verdaderamente conforman este núcleo irregular pero inevitable entre las personas, de qué modo se lleva a cabo esta asimilación pesadillesca que tanto se persigue, por la que tanto se lucha; acaso se da sólo cuando los tres saben y aceptan su condición de participantes (en contra de aquellos que suponen que se lleva a cabo desde el momento en que un vértice une dos extremos distintos), pues sólo el conocimiento y la aceptación del juego permiten cerrar esta figura sentimental que de otro modo quedaría incompleta; ésta no se forma cabalmente cuando todos los personajes no poseen las mismas condiciones, los mismos riesgos, los mismos placeres, las mismas desventuras. Los triángulos perfectos son aquellos en los cuales las relaciones se establecen equivalentemente, entre los tres protagonistas, aun los del mismo sexo, y no me refiero a que los tres mantengan relaciones íntimas, juntos o por separado, sino a que todos *reconozcan* su sitio y lo acepten. Al menos este modo equilátero fue el que unió a Marielena con Nacho, a Marielena con el ministro y al ministro con Nacho: las tres figuras se daban cuenta de su papel, de sus limitaciones, de sus ventajas y, desde luego, de la existencia —y el papel, las limitaciones y las ventajas— de los otros. Así se estableció (alguien diría que así lo estableció Marielena, pero no es completamente cierto) desde el principio, así lo supieron y así lo aceptaron, sin saber que pronto las tensiones al interior del triángulo terminarían por romperlo y convertirlo en un punto fijo y solitario en el espacio (la pérdida de las dimensiones): Marielena ante la desaparición de los dos restantes. Pero que Marielena haya sido la única sobreviviente no la hace responsable absoluta de lo ocurrido, por más espantoso que sea, por más que queramos echarle la culpa (la culpa de permanecer mientras los otros se han ido); más bien habría que pensar, si es posible hablar de ello, de una culpa compartida o nulificada entre los tres, de un acto que los merece, engloba y condena por igual. Las razones de cada uno, sin embargo, no podrían resultar más reveladoras: Nacho, cada vez con mayor insistencia, con su amor (el amor, en estos casos, siempre es el detonante de las desgracias) y con su ciega voluntad de salvar a Marielena (de salvarla del influjo del ministro), dispuesto a sacrificarse con tal de poseerla o de poseer, al menos, su alma; Alberto, el ministro de Justicia, a su vez, como el displicente receptáculo del amor (de nuevo el amor: la derrota) de Marielena, consciente o inconscientemente dispuesto a desafiar su imagen pública, las fuerzas de la luz; y, por último, la propia Marielena, de algún modo eje y pretexto del destino, objeto de adoración de uno (a quien correspondía un poco a la fuerza, un poco por necesidad de vengarse, un poco quién sabe por qué), y a su vez víctima del otro (víctima sólo en el sentido de quien está obsesionado con victimarse inútilmente). ¿Culpables, inocentes? ¿De qué? La pasión, la noche, y su compartida fascinación por la muerte, distinta en cada caso pero, a fin de cuentas, un punto de contacto íntimo, en diversos niveles, entre los tres, serían —a los ojos y la memoria de Marielena, la única sobreviviente, la guardiana del secreto— los únicos responsables de la tragedia. No ella ni sus manos, ni las manos de Nacho ni la ceguera del ministro, no los hombres: sus fantasmas. Nacho no supo de la existencia de Alberto hasta que fue muy tarde, cuando su relación con Marielena era imposible de evadir, cuando su destino dependía, por cierto, de aquella mujer, de aquel espectro evanescente. Poco a poco ciertos detalles, ciertos indicios (las marcas que sólo los enamorados obsesivos son capaces de adivinar) le dieron la clave de la existencia del *otro*, de *lo otro*, de un ser que rebasaba el simple desborde necrófilo de Marielena: cuando estaba con él, ella estaba ausente. Marielena no quiso confirmar sus sospechas, pero tampoco lo dejó de lado; simplemente se cuidó más, escondió mejor su contacto con Alberto, continuó su adoración íntima con más silencio y más reserva. Mientras tanto, introdujo a Nacho en rituales cada noche más violentos en el interior de la cofradía, fascinada ante su horror y su aceptación final, extasiada al comprobar el creciente poder que ejercía sobre él. A pesar de sus convicciones, Nacho estaba dispuesto a cualquier cosa por ella —no una simple estupidez, sino una estupidez llevada a sus últimas consecuencias: la voluntad de perderse—, a robar cuerpos y a entregarse a ellos y, en el caso extremo —a decir de ella, aunque no creo que pudiese comprobarlo—, a matar con el fin de proporcionarle la culminación de sus placeres. La primera vez que Nacho asesinó a alguien fue como un sueño, como una pesadilla intensa, y no una decisión largamente planeada; él mismo no hubiese estado nunca de acuerdo con la palabra "homicidio": no se trataba de despojar de la vida a un ser en pleno movimiento,

con destino, sino de librar de un destino infausto a los desheredados de la vida, a aquellos que iban a fallecer pronto de
cualquier modo, a los enfermos incurables. Una buena muerte
que habría de servir para celebrar los deseos de vida de Marielena y sus cofrades, una parte del castigo anticipado que Nacho planeaba para sí mismo. Todo se limitaba a desconectar
un tubo, a apagar un aparato, a inyectar una sustancia: una
desaparición lenta e indolora, casi un premio, al menos algo
que Nacho hubiese deseado para sí mismo en el momento de
su propia muerte y no la atroz venganza que se cernió sobre él.
La contradicción era cierta pero insalvable: por qué un hombre
pacífico, culto, inteligente aunque extraño —como el Nacho
que me tocó conocer en la escuela— se vuelve alguien capaz
de asesinar sin remordimientos, de robar, de usufructuar cuerpos ya casi no humanos; de qué modo se traspasa el límite de
la insania con el solo pretexto de una mujer, del amor, de la
salvación; cómo reconocer en el de antes al de después, en el
hijo de padres ciegos, en el lector de novelas, en el escéptico
revolucionario, en el cineasta frustrado, al homicida, al necrófilo, al demente. Sería no sólo incorrecto sino imposible tratar
de mirar su vida hacia atrás, como si estuviésemos en una
competencia para reconocer en sus actos previos los de sus últimos días; como si hubiese un imperativo que hilara cada decisión, cada extravío, cada acto; como si la vida de las personas
fuese única, un desarrollo, un camino descifrable; como si,
insensatos, nos obstinásemos en creer que su destino era no
más que un medio para llegar a una meta, y que sólo ésta (la
extinción, el horror, el desvarío) fuese memorable.

"Me gustaría mirarte, aunque fuese sólo un momento." El
tiempo real había desaparecido de aquella habitación, sólo la rutina de las comidas y de las conversaciones con ella
me permitían adivinar más o menos las horas de afuera, tener una idea aproximada de la realidad. Marielena estaba, como de costumbre, frente a mí, aunque no pudiese verla o, más

bien, como si ella y la oscuridad fuesen una misma cosa, y los conceptos de ver y no ver resultaran inútiles, improcedentes. "Casi no te recuerdo, cada día se me pierden más rasgos tuyos: quiero saber con quién hablo, quién me descubre con su voz lo que va pasando." "Entre menos me recuerdes resultará mejor para ti." "¿Piensas que voy a denunciarte, a hacer un retrato hablado que circulará por los supermercados y los videoclubes diciendo 'se busca'?" "Al menos no pierdes tu sentido del humor." "¿Puedo preguntarte algo? ¿Cómo ha sido tu vida después de lo que pasó?" "¿A ti qué puede importarte? Yo sólo te cuento lo que sé, haz de cuenta que sólo soy una voz, no alguien que pueda sentir nada ni tener vida." "La parca, la pitonisa." "Sólo he tenido que volverme más prudente, no hablar con extraños, no salir durante el día." "¿Y sigues…?" "¿Cogiendo con los muertos? Qué más da." Traté de acercarme a ella, de tocarla, de comprobar que no era cierto lo que me había dicho y que su cuerpo sería una muestra de su mentira, que había algo más que su indiferencia, su resignación o su desafío; caminé a tientas —me sabía la habitación de memoria—, sigiloso sobre la alfombra (estaba descalzo), buscando sentir su calor cercano, su aliento. Extendí mi brazo, mi mano, mis dedos hacia ella, en medio de la riada, del precipicio, y pude sentir su piel unos instantes, un segundo antes de que se alejara, de que se hiciera hacia atrás. "¿Quién eres, Marielena?" La pregunta de siempre, la que nunca podría responderme, la que jamás sería contestada. "¿Me vas a decir qué ocurrió esa noche en el hotel?", insistí. "Termina tu comida. Ya no nos queda mucho tiempo."

Me sentía cada vez más iluminado en medio de mi noche eterna. Mi coraje había disminuido y de pronto todo comenzaba a aparecérseme con claridad abrumadora, como si detrás de las tinieblas hubiese una forma diferente de distinguir los hechos, las siluetas y las claves del mundo. Marielena me lo enseñaba como una guía, como un factótum que me iba conduciendo desde los límites del infierno hasta los territorios de la luz. No podía verla pero, quizá por ello mismo, aparecía en mi vida como la personificación de la verdad. Algunas de sus imágenes: 1. Alberto Navarro sólo tiene en mente una idea, una decisión, un destino posible: convertirse en presidente, en el sucesor de Del Villar, en su candidato; después de lograrlo será diferente, no tendrá que supeditarse más a las exigencias de los otros, sean ministros o su esposa o Marielena o las convenciones sociales del día y de la noche. Entonces cambiará hasta la última pieza del sistema, romperá las dualidades funestas, la separación entre el sol y la tiniebla; su gobierno será prístino, nítido, transparente: luminoso. Mientras tanto probará los males, los abismos, las furias; se enfangará y continuará con sus rondas nocturnas, ordenando muertes y detenciones invisibles, pero una vez que sea elegido revertirá lo anterior, blanqueará los errores y las traiciones. Después de la Edad de las Tinieblas, un Siglo de las Luces, una nueva Ilustración, un nuevo Iluminismo: Rousseau y los enciclopedistas son sus pilares, sus modelos, sus metas; y su paso por el gabinete de Del Villar y las reuniones de Bonilla y la cofradía apenas un mal necesario, un trance, un espinoso camino de pruebas —un pretencioso descenso a los infiernos— del que ha de salir purificado, incólume. Mientras tanto, también, sigue al lado de Marielena: pero sólo hasta que por fin pueda deshacerse de ella y de los de su calaña —de su pasado—, de aquellos que le recuerden sus desvíos pretéritos, su debilidad, su complacencia. El suyo será un régimen cuyo emblema sea la luz y cuyo primer sacrificio, doloroso e inevitable, tendrá que ser esa mujer que representa a la noche. 2. Ignacio Santillán, el ecuánime, el que siempre meditaba antes de actuar, el comedido, el parco, persigue en sus correrías nocturnas a Marielena, se escuda detrás de los árboles y las esquinas de los edificios y los portales de las casas; sospecha, y sus sospechas han de convertirse en realidad: ella se ha vendido, ella lo traiciona —cuando sabe que en su mundo la traición es imposible—, ella está en peligro. Ideas que rondan su mente, inabarcables, desafiando la lógica precisa y abstracta que siempre lo caracterizó. Está seguro de que la encontrará con él, con su rival, con el ministro; necesita probárselo para actuar en consecuencia; no son celos ni nada que se le parezca, sino una ansiedad que le recorre el cuerpo, que lo hace desvanecerse, que lo tortura. Él lo sabe aun cuando a Marielena le parecería no sólo absurdo sino increíble: ella sólo es un objeto más del poder de Navarro, alguien sobre quien ejercer su dominio, tal como lo hace con sus subordinados que lo adoran y le temen o con su legítima esposa y con sus hijos. Parapetado, oculto detrás de un camión de basura, observándola —y ella dándose cuenta—, Nacho se convierte en el remedo de sí mismo, en su peor fantasía, en su más grande derrota. Pero no puede evitarlo: ella lo habita. 3. Navarro y su obsesión por hacerle el amor a Marielena bajo la regadera: como si necesitara limpiarse mientras lo hace, fingir que se lava, que es una especie de bautismo o renacimiento, una falta o un pecado a los que habrá de seguirles una expiación inmediata, una penitencia efectiva. Las aguas del origen los purifican, los lanzan a la dimensión contraria a la que los hizo conocerse; no por ello son menos violentos, pero la luz de la mañana y el líquido borran cualquier tacha. Luego, ya cansados, se recuestan sobre la tina y pasan horas y horas remojándose, ablandando sus músculos y sus espíritus, sumergiéndose en el pesado letargo del día, casi un sueño, algo que al ministro le hará pensar, horas después, cuando esté con el presidente Del Villar, que sus recuerdos son de una especie de pesadilla, parte de un mundo que no es real, que no le atañe y que está completamente desligado de su función pública. Al menos puede fantasear: lo hace sentirse mejor, seguro, incandescente. Hasta que, como Lady Macbeth, se le meta en la cabeza la idea irreductible de que ni todo el océano sería capaz de limpiar la sangre que le entinta las manos, la oscuridad —la mujer— que le empuerca el alma. 4. Más que perder la cabeza, más que despeñarse en la insania, es como si la inteligencia de Nacho se agudizara con los celos y las sospechas, con la pasión que vuelca en su oscura tentativa de salvar a Marielena. En medio de la creciente penumbra de su cuerpo, su mente es brillante y suave, lo suficiente para darse cuenta de la dependencia que lo rodea, de lo que ella hace para sojuzgarlo, de lo que le miente y de lo que le oculta, del destino que se labra al lado del otro. No tarda mucho en descubrir, en darse cuenta, horrorizado, de que el otro, de que el sujeto por el que Marielena se pierde y lo tortura, es un político, un cerdo de los que gobiernan el país; siente su derrota doble: si al menos se tratara de un subversivo, de un ser único, desde luego no virtuoso, pero al menos distinto... No, Marielena se ha prendado de un arribista, de alguien inferior, del rival obvio del que se enamoraría cualquiera. Su obsesión, entonces, se bifurca: ya no sólo se trata de perseguir a Marielena, sino también al ministro: de conocer sus antecedentes y su pasado y su vida íntima, sus relaciones y sus enemistades, sus gustos y defectos, sus hábitos y manías y actitudes. Como si quisiera apresarlo, trata de aprendérselo de memoria, de conocerlo mejor que nadie, de hurgar en su alma sin que él se dé cuenta, de disecarlo, de realizarle una autopsia aun antes de que esté muerto: de apropiarse de él, de la sombra de Marielena. 5. La primera vez que se vieron los dos hombres fue, inevitablemente, en la morgue del Viejo; Alberto había decidido no regresar pero en aquella ocasión la insistencia de Marielena había superado sus fuerzas. Nacho también había dejado de asistir a las sesiones de la cofradía desde que Marielena se había alejado de ellas para complacer al ministro. Y entonces la mala suerte o el infortunio los hicieron coincidir en otra de aquellas fiestas, en una más de las ceremonias fúnebres que, sin que ellos se diesen cuenta, los marcaban y prefiguraban, y los unían de modo mucho más íntimo del que hubiesen imaginado. Ambos se saludaron cortésmente y se ignoraron con diplomacia a lo largo de la noche, si bien, colocados en los extremos, la mirada de Nacho no podía abandonar el rostro y la figura y la desnudez que Marielena compartía con el ministro.

Antes del alba, ella se le acercó para despedirse. Adiós, le dijo él lacónicamente, y se marchó por su lado.

Ella podía seguir narrándome episodios y aventuras, cientos de escenas en las cuales comenzaban a definirse las relaciones entre los tres, la acabada perfección de un triángulo que iba delineándose pese a la voluntad de sus integrantes, el oscuro recuento de sus celos y estertores y diferencias, pero de cualquier modo era como si nunca hubiese existido una explicación clara, una causa cierta de lo que habría de ocurrir después; acaso Marielena no me engañaba ni ocultaba nada, pero también a ella le era imposible comprender lo que había sucedido, la trama en la cual ella era el centro. Se trataba de una elipsis insalvable, de un vacío que Marielena no podía llenar —y quizá nadie podría hacerlo—: cómo Nacho y el ministro y ella habían llegado a lo que habían llegado, qué había en sus personalidades, en sus características, en sus manías anteriores que prefigurase el fin, su transformación, la violencia que habría de desatarse en ellos. "¿Qué pasó esa noche?" La memoria traiciona rápido, se desvanece pronto, los recuerdos cada vez más alejados de su fuente original, velados por las rememoraciones posteriores que se van superponiendo una tras otra. "Nacho lo odiaba, pero nunca creí que llegara a hacerlo." "¿Fue él?" "Me llamó desde el cuarto de hotel, agitado. Aquí lo tengo, me dijo, ven por él, quizás todavía lo encuentres caliente, o algo así." "¿Nacho?" "Tomé un taxi y corrí a alcanzarlos; estaba terriblemente asustada y excitada. Todo me daba vueltas. Salí del taxi y no sé cómo llegué hasta el cuarto." "¿Qué hora era?" "Temprano. Once, doce de la noche." "¿El ministro estaba muerto cuando entraste?" "Estaba atado a la cama, sí. Pero también estaba muerto Nacho, tirado en el piso." "¿Se suicidó después de asesinar al otro?" "Lo mataron. No sé quién, ni por qué, pero lo mataron: su cabeza ya estaba amputada, junto a él." "Entonces no fuiste tú." "Lamento decepcionarte." "¿Por qué te llevaste la cabeza entonces?" "Yo no hice nada. Al menos no lo recuerdo." "¿Nacho mató al ministro o hubo un solo asesino de los dos?" "Tal vez Nacho actuó primero y luego alguien lo mató a él. En esos momentos creo que hubiera sido capaz, no sé. O quizás alguien aprovechó para acabar con los dos." "¿Un enemigo del ministro?" "No sé, carajo, ya te dije que no sé." "¿Nacho lo odiaba tanto?", traté de retomar el hilo. "Era peor que eso. Su temperamento no estaba hecho para soportar nuestro ambiente: pensaba que debía salvarme de Navarro, que era necesario sacrificármelo. Para él Navarro era la encarnación del poder, del poder contra el que siempre debe lucharse." "¿Un crimen pasional, es eso? ¿Nacho te amaba?" "Yo era el pretexto. Él siempre quiso inmolarse, cometer un acto extremo; Navarro también era un poco así. Quizá solos los tres hubiésemos sido inofensivos, pero la combinación, la cercanía y la distancia de nuestros temperamentos..." Marielena se marchó poco después. Los relatos vagos, las alusiones perdidas, la ambigüedad, los secretos, el silencio: tenía ahí, a mi lado, a la única persona capaz de explicar las conductas de Ignacio y del ministro, a la persona que más cerca había estado de ellos en los últimos momentos, y quizás a la causante de sus muertes y, sin embargo, mi percepción de sus figuras no había mejorado mucho. Era como si resultase imposible arrancarle la verdad —o ella misma no la conociese—, como si no fuera posible enfrentarse a las fuerzas desatadas por el poder, la pasión y la locura, como si fuese mejor callar. Lo único que me quedó claro fue que esa noche, la noche del crimen en el cuarto de hotel o de motel, el doble homicida —sin saberlo, sin imaginarlo siquiera— o Nacho —sabiéndolo, en el más extraño y abyecto acto de amor—, le concedió a Marielena el mayor de los placeres, cumplió el mayor deseo que ella hubiese podido desear (porque era irrepetible): le permitió, por una vez, llevar a cabo la combinación, ebria y fatal, entre su amor por la muerte y su amor por alguien vivo, la unión de la noche y el día, la posibilidad de gozar, aunque fuera sólo entonces, por unos minutos, con el cuerpo inanimado del ministro.

"Interrumpimos la programación diaria para dar un mensaje, en red nacional, del doctor Corral Morales, en relación con el homicidio del doctor Alberto Navarro." Marielena tuvo a bien colocar en mi oscuro encierro un pequeño aparato de televisión —por primera vez iba a distinguir colores en muchos días— para que no perdiese detalle de los nuevos acontecimientos. Desapareció la imagen de Gloria Zambrano (la protagonista de la telenovela de las nueve, *Amor de mentiras*), apareció un logo del *Canal de los éxitos*, luego un escudo nacional y, por fin, después de un despliegue de rayos láser formando el escudo de la Fiscalía General, y de varias tomas que enfocaban y desenfocaban su rostro, con la música de *Star Wars: El regreso* (la mercadotecnia televisiva aplicada a la política), la figura mayestática pero sonriente del doctor Corral Morales ("haga un esfuerzo, doctor, se lo suplicamos, la gente detesta los gestos adustos", "pero si estoy dando los pormenores de un magnicidio", "no importa el tema, haga como si le estuviera contando un cuento a sus hijos: de lo que se trata es de retener su atención"). Y comenzó: "Conciudadanos, distraigo su atención para hacer llegar a ustedes los resultados de las últimas investigaciones relacionadas con el homicidio del doctor Alberto Navarro, exministro de Justicia de la República, y del individuo identificado como Ignacio Santillán, ocurrido el pasado día 26 de agosto. De acuerdo con los informes periciales, los dictámenes médicos, los testimonios del personal del hotel y del Ministerio de Justicia, y tras una cuidadosa reconstrucción de los hechos, hemos llegado a las conclusiones siguientes: *Primera*. Que la noche del 26 de agosto el doctor Alberto Navarro recibió una llamada anónima, en la cual uno de sus informantes lo citaba para hacerle revelaciones urgentes, a las veintitrés horas en el Motel Delfín. *Segunda*. Que, en cumplimiento de su deber, el doctor Navarro se trasladó sin escoltas al citado lugar, donde fue recibido por el sujeto ahora identificado como Ignacio Santillán, presunto activista del FPLN, quien habría de hacerle importantes revelaciones sobre el movimiento guerrillero. *Tercera.* Que en ese lugar el doctor Navarro fue adormecido con un somnífero introducido en su bebida y posteriormente amarrado, torturado y asesinado mediante herida de arma punzocortante en la región intercostal, incidida entre el pulmón izquierdo y el corazón. *Cuarta.* Que en este homicidio Ignacio Santillán actuó solo, y sin concurso de los demás miembros del FPLN. *Quinta.* Que, de forma posterior a este hecho, varios miembros del FPLN llegaron a la escena del crimen, donde, quizá por no seguir sus instrucciones precisas, o por actuar sin previa consulta a la Comandancia General del movimiento, en una típica ejecución miliciana, Ignacio Santillán fue victimado y decapitado por sus propios compañeros. En consecuencia, la Fiscalía ha determinado seguir las siguientes acciones [*sic*]: *Primera.* Continuar con la campaña antiterrorista que los cuerpos policiales mantienen en la ciudad. *Segunda.* Llegar a sus últimas consecuencias en la investigación, a fin de hallar no sólo a los autores materiales del crimen, sino también a los autores intelectuales. *Tercera.* Establecer las posibles vinculaciones entre activistas del FPLN y miembros del gobierno, actuando con estricto apego a derecho. El Gobierno de la República se compromete, como siempre, a continuar las pesquisas con estricto respeto a los derechos humanos —un miembro del Consejo de Derechos Humanos ha sido nombrado coadyuvante en la investigación— y, en virtud de la gravedad del caso, a la que se suma el secuestro del periodista Agustín Oropeza, se compromete a tener nuevos resultados que ofrecer a la opinión pública en el término de cinco días. Muchas gracias, queridos conciudadanos". La falsa sonrisa del doctor Corral Morales se había desvanecido antes del final; la mía, en cambio, se transformó en rabia y, sin pensarlo demasiado, estrellé el televisor contra el piso.

La idea se incubó lentamente en la cabeza taciturna y mareada de Nacho hasta que por fin explotó como un tumor largo tiempo oculto y adormecido, un cáncer maligno cuyas manifestaciones, aparecidas de pronto, eran ya incontrolables: tenía que eliminar al ministro, a su rival, al hombre que representaba la perdición de Marielena. ¿Así de simple? Quizá no, pero no hay modo de encontrar las razones, no hay forma de profundizar en los exabruptos de una mente como la de Nacho; intentarlo resultaría, de cualquier modo, una caricatura. Que fuese un proceso arduo y penoso o un simple capricho, no exento de vínculos con su infancia o sus obsesiones de siempre, resulta irrelevante: los homicidios, al menos si se trata de crímenes pasionales —pese a la rigurosa inteligencia con que son concebidos—, son siempre un misterio, una conmoción, una duda. Ignacio conocía para entonces a la perfección los horarios y la agenda del ministro: seguía sus pasos y casi podía adivinar sus movimientos —para su mala suerte o infortunio, Alberto era metódico y ordenado—, las horas en las que veía a Marielena o a los demás ministros. No le costó trabajo diseñar un plan, perfectamente creíble, simple y transparente para hacerlo caer. El Motel Delfín era un lugar frecuentado esporádicamente por Marielena, ya un par de veces había llevado ahí al ministro, y a Nacho le pareció el escenario ideal para el montaje que estaba a punto de realizar. ¿Sabría desde el principio que iba a asesinar a Alberto o simplemente estaba probándose para ver hasta dónde era capaz de llegar? De nuevo yo no podría decirlo: parece que nunca sabremos si en realidad él llegó a convertirse en homicida o si fue victimado antes de atreverse a ello. Como acostumbraba cada vez que veía a Marielena, Alberto acudió al Motel sin escolta, ocultándose de todos y sin dar ningún aviso a nadie; cuando llegó, Ignacio lo esperaba —al menos en esto el dictamen del doctor Corral Morales no era falso—: iba a proporcionarle algunos datos de suma importancia. ¿Pero es que Nacho poseería algún dato relevante que aportarle al ministro como para que éste accediese a verlo? No sonaba lógico hasta que comprendí que un vacío se cernía en medio de la trama, de seguro Marielena me ocultaba algo. Sólo un motivo podía hacer creíble un encuentro así entre los dos personajes de esta historia: el chantaje (o su simulación). Claro, era la respuesta lógica: la candidatura de Alberto estaba en ciernes y el único modo con el cual Nacho sería capaz de atraer al ministro era con la amenaza de revelar sus incursiones nocturnas, su relación con los miembros de la cofradía, sus actuaciones extralegales, los datos que paciente y penosamente se había encargado de recopilar sobre él. No podía ser de otra manera: el ministro acudió a la cita y precipitó su muerte así como la del supuesto chantajista con quien habría de compartir la inmortalidad de la muerte. Las dos fuerzas en pugna habían quedado unidas para siempre en el negro letargo de la noche.

"Ha estado siempre aquí, escuchándonos." "Sí." La voz del Viejo sonaba cansada, aturdida, como si le costase trabajo mantener la respiración. Nunca lo había visto pero desde que entró al cuarto —su silueta no podía ser la de Marielena— supe que se trataba de él. Si su apariencia era en verdad un reflejo de sus palabras, debía ser un hombre enjuto, arrugado y maciliento, una caricatura, una momia, casi un deshecho: no la figura esbelta y bien vestida —incluso agradable, a pesar de su edad— que, bajo el nombre de Joaquín Mercado, aparecía en las revistas de alta sociedad, ofreciendo banquetes y recepciones en su calidad de *ideólogo* de los empresarios del país. "¿Usted sabe qué fue lo que ocurrió realmente en el motel, verdad?", le pregunté. "Nadie podría calibrar las fuerzas que se desataron allí adentro —dijo Joaquín o, mejor, el Viejo—. Pero más bien debemos cuidarnos de las de afuera." "¿Por qué habla conmigo?" "Porque ya no tengo nada que perder. Así que haz las preguntas, que es tu trabajo." "¿Quién mató al ministro?" "Eres un periodista experto, ¿no? Por Dios, pregunta algo que en verdad importe." "¿Quién mató a Ignacio

Santillán?" "Debiste preguntar a quién le convino la muerte de ambos." "De acuerdo." "Responde tú mismo." "¿Los enemigos del ministro?", aventuré. "No, imbécil: sus amigos." "¿Un crimen político?" "El crimen es lo de menos, muchacho. Ya no interesa si Ignacio lo mató por celos o no. Alberto Navarro era un político y su muerte, inevitablemente, es política." "Usted apoyaba su candidatura." "El presidente Del Villar es mi amigo, sólo queríamos que tomara la mejor decisión." "¿La cofradía?" "Muchos amigos, digamos." "Pero la versión oficial dice que fue la guerrilla." "Y que la guerrilla te tiene secuestrado." Quería mirar sus ojos, encontrar en ellos la verdad que absurdamente me revelaba ahora. "Muerto el rey, viva el rey", apuntó. "Iturbe ordenó mi secuestro", exclamé sin dudarlo. "Fue una de las condiciones que nos puso." "¿Para provocar la caída del ministro de Hacienda?" "No podíamos negarnos." "Sigo sin entender." "Luciano Bonilla… ¿Cómo decirlo?, era el segundo de la lista." "Y lo que pretende Iturbe es…" "Sí, muchacho, atar los cabos. Acuérdate que *yo soy* quien financio a la guerrilla… Y al ministro de Hacienda." "Todo es lo que no es." "Brillante deducción. Ahora sólo nos resta esperar." Esas fueron las últimas palabras de Mercado. Como si se hubiese tratado de una premonición, a los pocos minutos se escucharon los primeros disparos.

A veces la muerte inmortaliza, a veces la muerte vuelve célebre a quien la ha sufrido, sí, pero esta inmortalidad es sólo una máscara, una sombra detrás de la cual quedan ocultos, para siempre, los rasgos verdaderos del yacente, sus emociones, sus pasiones, sus gustos, sus olvidos. Porque la inmortalidad desdora, paraliza, mata: asesina todo aquello que hubo atrás, en aras de construir una imagen única, inolvidable, eterna. Es como si fuese necesario que todos nos convirtiésemos en una sola cosa, como si hubiese un imperativo que prefiriese los sustantivos únicos a las descripciones pormenorizadas, como si el mundo, ahíto de memoria, prefiriese recordar sólo unos cuantos datos —un nombre, un mote, un epíteto— en vez de los cientos y miles de palabras que forman una vida. La posteridad no quiere ni desea ni pretende biografías, sino epitafios. ¿De qué sirven entonces tantas páginas derrochadas en descubrir vidas, relaciones, causas? ¿O al menos el intento de barruntarlas? Ni siquiera puedo decir que me hayan servido a mí: mi inmortalidad no quedará asegurada, ni siquiera la verdad que me forma y que me ata a mí mismo. ¿Saber la verdad representa una esperanza, un desafío? ¿Una responsabilidad acaso? Entre tantos datos, en medio de la vorágine de palabras y signos e imágenes que nos asaltan a diario, nada de lo que alguien, un solo hombre, sea capaz de afirmar resulta ya importante. Vivimos en un mundo sin revelaciones, sin profetas, en el cual la voz ha caído al último escalón entre las aficiones de los hombres. ¿La verdad? Independientemente de que exista o no, lo cierto es que el liberalismo de nuestras instituciones nos permite gritarla y corearla, incluso en los medios de comunicación, proclamar nuestra inocencia o nuestra culpa —somos criaturas protegidas con derechos humanos y libertad de expresión—, pero, inevitablemente, por más que la digamos y la repitamos una y otra vez, a nadie le interesa escucharla. Cada uno tiene la suya, sus propias visiones y sus propios conflictos; todos estamos demasiado ocupados para investigar —o siquiera oír— la verdad ajena, que no pasa entonces de ser un mero entretenimiento —fugaz, como debe ser—, un tema más entre los miles que nos llegan y ahogan todos los días. Nacho ya no es más que un asesino, un terrorista; Navarro, un ministro de Justicia asesinado escandalosamente; y yo, un periodista secuestrado por la guerrilla. ¿Alguien podría desmentir estas afirmaciones? ¿Alguien tendría interés en escuchar el desmentido? Quizá sólo los poderosos, siempre tan llenos de miedo —irracional, por cierto— frente a la palabra y las denuncias, se tomarían la molestia de indagar un poco, de ver hasta dónde les conviene o perjudica lo dicho, para modificarlo gracias, justamente, al poder que tienen; ellos son los únicos capaces de inquietarse por la verdad, por eso están tan obsesionados con dominarla: si supieran lo poco que cuenta no se tomarían tantas molestias para acallar o convencer o censurar… Pero a veces no queda otro remedio que aprovecharse de su pánico, es el único modo de resistir la incertidumbre.

"Conciudadanos —de nuevo la voz del doctor Corral Morales, seca pero ahora con un rictus que en verdad reflejaba emoción, cierta alegría creíble, cierto orgullo—, me dirijo a ustedes para informar a la opinión pública sobre los últimos acontecimientos relacionados con los casos Navarro y Oropeza (ahora estamos en condiciones de relacionarlos), siguiendo las instrucciones que al respecto han tenido a bien darme el presidente Del Villar y el Ministro del Interior, doctor Gustavo Iturbe." De seguro asesorado por un director de telenovelas para la televisión privada, el fiscal general hizo una pausa (que acentuaba el suspenso y aumentaba la expectación). La imagen permaneció congelada durante unos segundos, un narrador anunció comerciales y prometió que el Fiscal regresaría en un momento. Mientras aparecían anuncios de detergentes, toallas femeninas y brandys (los eternos patrocinadores del gobierno), yo traté de adivinar cuáles serían las conclusiones del funcionario, pero me abstuve de comentarlas con mi acompañante, el cual se mantenía atento a las imágenes que se desarrollaban en la pantalla y a los jingles que salían de las bocinas que cimbraban su oficina. Por fin reapareció de nuevo la figura del doctor: "El día de hoy —continuó con una sonrisa cada vez más ancha—, en uno de los operativos antiguerrilla más importantes llevados a cabo por esta Fiscalía, en coordinación con el Ministerio del Interior y el Gobierno de la Ciudad de México, pudo finalmente concluirse la investigación sobre el homicidio del doctor Alberto Navarro, exministro de Justicia de la República, así como el rescate del periodista Agustín Oropeza, secuestrado por miembros del FPLN desde el pasado día siete. Gracias a reportes de vecinos de la zona, y a la minuciosa investigación desarrollada por el Comando Antiguerrilla de esta dependencia —casi se le cortaba la voz—, nos fue revelada la serie de extraños movimientos que venían llevándose a cabo en casa del empresario Joaquín Mercado, alias el Viejo —su fotografía apareció en la pantalla, a un lado del informante—, ubicada en Nogales, 15, colonia San Ángel, los cuales pronto se unieron con otros informes que habíamos recibido respecto a las actividades de este hombre, todas ellas relacionadas con el lavado de dinero proveniente del narcotráfico y la protección que brindaba a presuntos miembros del FPLN. De este modo, luego de que con celeridad el juez quinto de Distrito en materia penal, licenciado José Morúa, nos obsequió con la orden de aprehensión respectiva, a las 15:25 horas del día de hoy los cuerpos de seguridad pública de esta Fiscalía, del Ministerio del Interior y del Gobierno de la Ciudad de México se presentaron ante la casa del susodicho señor Joaquín Mercado. Mediante el uso de altavoces se le indicó que habría de ejecutarse una orden de cateo en las instalaciones de su casa, sin que se haya obtenido respuesta de su parte. Ante el silencio, las fuerzas del orden se dispusieron a ingresar en el citado domicilio cuando, desde el interior, fueron repelidos con disparos de ametralladoras Uzi y rifles AK 47." En el ángulo superior izquierdo de la pantalla se abrió un recuadro en el cual aparecieron imágenes del tiroteo; apenas podían distinguirse las figuras, pero el humo y el sonido de los disparos bastaba para volver convincentes las palabras del fiscal. Entretanto, mi acompañante también reía satisfecho. "Las maravillas de la edición digitalizada", se limitó a decirme. Yo permanecí en silencio. "Finalmente —prosiguió el doctor Corral Morales, entusiasta—, tras cuarenta y cinco minutos de refriega, algunos miembros del Comando Antiguerrilla pudieron introducirse en el domicilio del señor Mercado; a las 16:55 horas del día de hoy el fuego había cesado y la situación se encontraba ya en manos de las autoridades." Una nueva interrupción de comerciales de muebles de madera corrugada y papillas para niños hizo desaparecer al doctor. Mi acompañante parecía más entretenido que si estuviese viendo una vieja película de naves espaciales o *Rambo: la nueva generación*. "¿De veras no quieres tomar algo? —me dijo—. Ahora viene lo mejor." Negué con la cabeza. "Al término de la refriega —Corral Morales exultaba—, pudimos llegar a los siguientes resultados: *Primero*. El periodista Agustín Oropeza fue rescatado con vida e ileso. *Segundo*. En el transcurso del tiroteo perdieron la vida Joaquín Mercado y una mujer identificada después como Marielena Domínguez, alias Marielena Mondragón, amante del primero —su foto en la pantalla—. De la evidencia encontrada en el lugar de los hechos se desprende su pertenencia a un comando de élite del FPLN. De hecho, se ha llegado a la conclusión de que Mercado era uno de los principales sostenes económicos de la guerrilla. *Tercero*. Asimismo, la evidencia encontrada en una bodega en la casa de Mercado —armas largas y cortas, dinamita, planes y grabaciones— demuestran su participación en el homicidio de Alberto Navarro, ministro de Justicia. *Cuarto*. En otra parte de la mansión de Mercado se halló una pequeña morgue y muchos de los cuerpos robados en diversas instituciones de salud, lo que además prueba su presunta responsabilidad en el delito de sustracción de cadáver. *Quinto*. Otras seis personas, entre las que se encontraba un sujeto disfrazado de payaso, fueron detenidas en el lugar de los hechos y ya han quedado a disposición del juez quinto de distrito en materia penal por su complicidad en los hechos antes mencionados. De lo anterior se concluye que la guerrilla urbana es un movimiento financiado por algunos grupos empresariales para provocar la desestabilización del país, y, a partir de la evidencia encontrada en casa de Mercado, es posible que en él también resulten implicados miembros de importantes círculos financieros. Por instrucciones del presidente Del Villar y del ministro Iturbe —la vanidad de Corral Morales lucía como un aura alrededor de su cabeza—, el gobierno de la República se compromete a continuar las investigaciones con la misma eficacia y transparencia demostradas hasta ahora; la seguridad pública es un derecho que merecemos todos los habitantes de esta nación. Muchas gracias." "Corral no es muy brillante —concluyó mi acompañante, el ministro del Interior Gustavo Iturbe, antes de apagar su enorme aparato de televisión con el control remoto—, pero desde luego es un tipo eficaz."

En cuanto se enteró de mi liberación —sus contactos seguían siendo buenos— Azucena corrió a buscarme y fue la primera en verme (incluso antes de los reporteros que, ansiosos, me esperaban en casa de mi exesposa). Ahora, quizá porque la ocasión ameritaba un atuendo especial, vestía una minifalda de mezclilla, una blusa transparente (sus pezones parecían un par de adornos de la tela) y una corbatita de colores chillantes perfectamente anudada al cuello. Su chofer se encargó de estacionar el coche sobre la acera y ella bajó de él como si temiese que unos inexistentes admiradores fuesen a asediarla; le abrí y la hice pasar de inmediato. Apenas me dio tiempo de saludarla cuando se abalanzó sobre mí, se arrancó los calzones y me bajó los pantalones en un santiamén (tristemente el parecer un héroe o una víctima resulta un afrodisíaco para las mujeres tanto como el poder); me hizo el amor furiosamente —tengo que decirlo así— sobre la alfombra de la sala, hasta que al fin pude recuperarme. "Quería darte una bienvenida inolvidable", dijo. "Pues vaya que lo ha sido", me quejé. Me acomodé la ropa y me dirigí a la cocina para servirnos algo de tomar. Al fin una Coca-Cola, pensé, recordando el agua Evian que se habían encargado de proporcionarme mis captores. "¿Te torturaron?" "Al menos no me violaron", bromeé, pero ella no entendió el sentido del humor: como siempre. El rostro de Azucena, satisfecho de su entrega, como si hubiese cumplido con un sacrificio voluntario, ahora estaba lleno de una curiosidad que devolvía a sus facciones un aspecto infantil (a pesar del lápiz labial corrido que le afeaba las mejillas y el cuello). "¿Y cómo son?" "¿Quiénes?" "¿Conociste al teniente *Gabriel*?" "¿A quién?", me irrité. "¿De veras tiene los ojos azules, y pasamontañas y sombrero de charro?" "Nunca lo vi." "No mientas, Agustín." "Ya te dije que no lo vi. No he visto a un guerrillero en mi vida." "¿Te tenían amarrado? ¿Vendados los ojos?" "Eso es, sí." "Pero platicaste con ellos…" "De mujeres —cedí—. Hablábamos de mujeres. Les platiqué de ti." Sus dieciséis años se encendieron: "¿De mí?" "Les dije que eras la mejor." "¿Crees que me busquen?" "Por supuesto, les di tu teléfono." Me senté en un sillón, agotado. "¿Te imaginas? —fantaseaba ella, caminando de un lado a otro. A lo mejor en una misma semana puedo estar con un miembro del gabinete y con un enmascarado." "O en la misma cama con el ministro de Hacienda y con el teniente *Gabriel*." "No te burles. Además, el ministro de Hacienda va a renunciar hoy por la noche." "¿Cómo sabes eso?" "Una se entera de cosas, ya sabes. Parece que tenía negocios con el empresario que apoyaba a los terroristas, debes haberlo conocido, ¿no?" "¿Mercado?" "Ése." Azucena me besó de nuevo, agradeciéndome al oído la promoción que le había hecho. "Es uno de mis sueños de toda la vida, acostarme con un encapuchado", repetía mientras deslizaba su lengua por mi cuello. Por fortuna sonó el teléfono. Me levanté a contestar. "Sí…, sí…, sí", dije rápidamente por el auricular. Azucena volvió a la carga: "¿Quién era?", me preguntó. "El secretario del presidente Del Villar. Me citó en Palacio hoy a las ocho." "Excelente —terminó ella—: todavía nos quedan tres horas."

Cuando alguien ha visto tantos muertos como yo, cuando ha presenciado tantos escándalos y tanta sangre, cuando se ha enterado de tantas traiciones y robos, cuando se está dispuesto a aceptar todo lo escabroso y bizarro como parte de la vida cotidiana, muy pocas cosas son capaces de amedrentar o sorprender; es como si el mundo se redujera y el asco y la furia tuviesen que ser desterrados para poder sobrevivir en él. Sin embargo la mirada del anciano Del Villar siempre me atemorizó; lo había visto en persona sólo un par de veces —durante su candidatura y en una comida del Día de la Libertad de Prensa—, pero las incontables fotos e imágenes suyas aparecidas en los diarios y la televisión (después de muchas resistencias él había logrado desterrar la costumbre de poner una fotografía suya con la banda presidencial en todas las oficinas de gobierno) bastaban para que fuese una presencia cercana y a la vez incognoscible. De su honradez, limpieza e inteligencia nadie dudaba —el oprobio cayó sobre un caricaturista que tuvo el atrevimiento de retratarlo afectado de una tranquila demencia senil—; sin embargo, cada vez estaba más lejos de los asuntos de Estado —se decía que más bien se dedicaba a retocar sus memorias en seis tomos—, asumidos entonces por los miembros de su gabinete con singular enjundia. No se trataba precisamente de una figura decorativa, sino más bien de una imagen de la nueva democracia mexicana, un estandarte, un adalid en torno al cual se justificaban todas las medidas de la administración pública. Pero el sexenio estaba por concluir y la vieja e inexorable ley del país sobre la sucesión presidencial ni siquiera a él iba a dejarlo indemne: los críticos se preparaban para denunciar sus errores y su indiferencia en cuanto fuese nombrado el nuevo candidato de los partidos de coalición en el gobierno. Me recibió en una pequeña estancia de sus oficinas —un enorme cuadro de Madero al centro, una pequeña mesa oval y mullidos sillones de cuero—; antes de entrar, su secretario, Cristóbal Domingo, un frustrado crítico literario convertido en funcionario neoliberal tras un pasado comunista, me advirtió que se trataría de un encuentro breve: el presidente sólo quería saber cómo me encontraba tras el "inhumano atentado" que había sufrido. La mirada del anciano era dura, en efecto, pero con un toque de sagacidad que no poseían sus jóvenes colaboradores. Conversamos durante quince minutos —de literatura la mayor parte del tiempo, por supuesto—, me hizo una o dos observaciones que me parecieron, si no brillantes, al menos atinadas, insistió mucho en conocer mi estado de salud, física y mental, así como el trato que me habían dispensado mis captores y, por último, antes de despedirse, en la puerta de su despacho (yo había esperado durante todo ese tiempo la frase célebre, el aforismo inmortal que pronunciarían sus labios y al parecer estaba a punto de hacerlo), me dijo que había platicado con el doctor Iturbe, el ministro del Interior, y que, si yo estaba de acuerdo, la Presidencia me propondría como candidato al Premio Nacional de Periodismo de ese año.

A veces la muerte inmortaliza: recuerdo que fue lo primero que pensé al ver los cuerpos en aquel cuarto de motel, al lado de Juan Gaytán; no imaginé, en cambio, que aquellas muertes ajenas (todas lo son: la propia muerte no existe), además de convertir a los sujetos destrozados en célebres cadáveres, habrían de arrancarme a mí toda inmortalidad posible. Nacho y el ministro estaban muertos muy muertos y nada podía hacerse para remediarlo: investigar las causas y las conexiones que los llevaron a compartir aquella escena postrera, tal como lo intenté yo, era desde el inicio un absurdo, una trampa que, sin darme cuenta, tendía contra mí mismo: ni siquiera llegué a conocer la verdad verdadera, ni siquiera conocí más de cerca a mi antiguo compañero de escuela como para averiguar si había sido o no un asesino (o al menos un torturador o un verdugo). Su figura era para mí tan nebulosa y desconocida como al principio, a pesar de las pesquisas, las pistas y cuanto había tratado de unir en su maltrecha historia. Conocía dos o tres anécdotas suyas que antes no había escuchado, incluso vi y platiqué varias horas con la mujer que había unido los desastrosos caminos de los dos occisos, pero ello no me hacía comprender mejor lo que había sucedido. Al cabo de unos meses la guerrilla urbana había sido disuelta (al menos así lo proclamaban los medios en alabanza constante al orden y al Estado de derecho), a pesar de que el verdadero teniente *Gabriel* (¿pero en realidad sería el *verdadero*?) se afanara en desmentir, furibundo, en incontables y nunca leídos comunicados que ya sólo le publicaba *El Imparcial* —con letra mínima en la sección de quejas—, que el FPLN no había tenido nada que ver ni con el homicidio de Navarro ni con mi secuestro, y que ni Mercado ni nadie los financiaba. Por otro lado, al presentar su dimisión, el doctor Luciano Bonilla, ministro de Hacienda, implícitamente aceptaba su responsabilidad y sus negocios con Mercado, si bien ninguna acción judicial se levantó en su contra y de seguro muy pronto se le volverá a ver entre los infaltables integrantes de la administración pública del país. De este modo, el camino a la Presidencia se mostraba abierto para el doctor Iturbe, y su postulación, llevada a cabo en asambleas simultáneas por los partidos de la coalición en el gobierno, no fue una sorpresa para nadie. Me tocó presenciar su doble aceptación en cadena nacional mientras Azucena me daba un espléndido masaje en las piernas. A quién podría interesarle la verdad (si acaso existe), lo único que importaba era (como bien lo saben los dueños de *Tribuna*) el escándalo, la verdad a medias, las medias mentiras que no dejan de ser mentiras pero que poco a poco se convierten en verdad ("¿cómo no va a ser cierto, si lo decía el periódico?"). Nadie busca verdades, sino entretenimientos: máscaras para divertirnos unos instantes, para fingir que comprendemos lo que sucede a nuestro alrededor, lo que le pasa a las demás personas, lo que nos aflige o nos tortura: no más. Por eso los diarios más amarillistas aparecen siempre antes del crepúsculo —en la madrugada o a media tarde—: están hechos para ser leídos y creídos durante los momentos de luz; luego sobreviene la oscuridad y todos sabemos que entramos al mundo de la ficción, de la irrealidad y de la farsa (o al menos de esa otra mitad del universo que también nos forma y nos inventa). La noche borra las diferencias, nos dice al oído, casi en un susurro. La verdad, lo que creemos que es la verdad, no es sino un acto de violencia que le hacemos a las cosas; por eso es mejor olvidarse de ella y dormir o hacer el amor o ver televisión o emborracharse al cobijo de las tinieblas, cuando nada importa, cuando todos somos idénticos y nuestros actos, ocultos, no le incumben a nadie. Nacho y quizá el ministro tenían razón al obsesionarse con lo que no se ve, con las fuerzas de la noche: fueron los adoradores del día —de las imágenes públicas y de los mítines— quienes los acallaron, quienes los asesinaron y quienes los devolvieron, para siempre, al reino al que pertenecían desde hacía mucho. Es una lástima que nunca vaya a poder escribir lo que sé, pero al menos mi conocimiento ha funcionado como una amenaza fallida. Por lo pronto, antes de preparar mi discurso de aceptación del Premio Nacional de Periodismo, debo dedicarme a escribir

Cómo fui rescatado de manos de la Guerrilla

la crónica de mi secuestro que aparecerá la semana próxima en *Tribuna del escándalo*: mi reaparición, mi regreso triunfante: mi pequeña, áspera inmortalidad.

En la Ciudad de las Tinieblas, 1995 (y 2007)

La paz de los sepulcros de Jorge Volpi
se terminó de imprimir en enero de 2017
en los talleres de
Impresora Tauro S.A. de C.V.
Av. Plutarco Elías Calles 396, col. Los Reyes,
Ciudad de México